Gerhard Heide

IN WÜRDE ENDLICH LEBEN

Heiles bergen – Heilsames wirken lassen

Für meine Söhne
Martin und Nils
in Liebe

Gerhard Heide

IN WÜRDE ENDLICH LEBEN

Heiles bergen – Heilsames wirken lassen

via verbis verlag

Bucheinband unter Verwendung einer Fotografie von Markus Tremmel

ISBN 978-3-933902-54-2

Druck: Präbst Satz & Druck GmbH, Dorfen

Verlagsanschrift:
via verbis verlag / wambach 23 / 84416 taufkirchen (vils)
www.viaverbisverlag.de

INHALT

Literatur, auf die in diesem Buch verwiesen wird:

Bachér, Ingrid, 2020: Rheinische Post
Berend, Joachim Ernst, 1999: Es gibt keinen Weg. Nur Gehen
Bonhoeffer, Dietrich, 2013: Widerstand und Ergebung
Buber, Martin, 1979: Das dialogische Prinzip
Feichtinger, Peter, 2012: Der Tod ist die Krönung des Lebens
Hawk, Hrair, 2015: Khatchkar
Imhof, Paul, 2016: Christliches Familienstellen
Reckwitz, Andreas, 2019: Die Gesellschaft der Singularitäten
Rohr, Richard, 2011: Die Männerbibel
Spirig-Huber, Therese und Graf, Karl, 2018: Ich werde, also bin ich
Für Bibelzitate: BasisBibel der Deutschen Bibelgesellschaft

Geleitwort

Bei einem rationalen Menschen wie Gerhard Heide kommt rasch René Descartes (1596-1650) in den Sinn: „Cogito ergo sum." Aber nicht „Ich denke, also bin ich", sondern „Ich werde, also bin ich", wählte Gerhard zum Leitsatz seiner Biografiearbeit; „es geht also noch was", wie man heute zu sagen pflegt. Er machte sich ans Schreiben.

Seine jahrelangen Suchbewegungen waren oft mit viel Zögern und Zweifeln behaftet gewesen. Irgendwann – es war wohl im Sommer 2014 – verloren aber die ständigen inneren Bedenken, die vielen „Wieso, Warum, Vielleicht und Wohin" dann immer mehr ihre Kraft, denn zu oft hinterließen sie in ihm das Gefühl von Beliebigkeit: Man sollte, könnte, müsste eigentlich – im Endeffekt dann aber eher doch nicht!

Es war an der Zeit, dieser noch nicht richtig fassbaren, aber immer stärker spürbaren Sehnsucht endlich nachzugeben. Und der Altersteilzeitvertrag, den er dann mit seinem Arbeitgeber abschloss, deutlich früher als vorgesehen aus dem Berufsleben auszuscheiden, eröffnete ein ganz neues Feld.

Anfang 2016 lernte ich Gerhard im Grundkurs Spiritualität der Akademie St. Paul und des Geistlichen Zentrums auf dem Schwanberg kennen. Er hatte eine Entscheidung getroffen. Klärung war angesagt: Wer bin ich denn wirklich? War er mehr als die diversen Rollen und die Erwartungen, die ihn auf weiten Strecken durch sein bisheriges Berufs-/Leben getrieben haben, auf vermutet sicheren Wegen zu vermeintlich selbstgesteckten Zielen; zu oft Gefahr laufend, sich selbst zu verlieren. Oft hatte er sich die Frage gestellt, ob er das noch will und ob überhaupt die Kraft dafür ausreicht. War ihm nicht das Burnout um die Jahrtausendwende schon Warnsignal genug?

Wahrscheinlich ist es so, wie *Richard Rohr* vermutet, dass es gerade Männer sind, die in der Mitte ihres Lebens angekommen, von Selbstzweifeln angefressen, mit dem Gefühl leben, inneren oder äußeren Maßstäben nicht mehr gerecht werden zu können – oder zu wollen (!) –, die zu scheitern drohen.

Der große Mythos in unserer Gesellschaft wirkt offensichtlich: Männer und Frauen werden für ein Leistungsdenken belohnt, das auf Gewinnen und Verlieren basiert, differenzierte soziale und monetäre Systeme belohnen die einen, bestrafen die anderen. Die Angst vor dem gesellschaftlichen Abstieg, Verlust von Ansehen und Arbeitsplatz drohen. Die Existenzangst ist allgegenwärtig.

Dieser Mythos betrifft nicht nur einzelne, sondern sehr viele Menschen. Das staatliche Krisenmanagement in Zeiten von COVID-19 hat zügig erkannt und reagiert und die Unterscheidung von Institutionen, Berufsgruppen, Rollen und Positionen als systemrelevant und nicht-systemrelevant eingeführt. Letztere treten in jenen Zeiten, da ihr wirtschaftlicher Nutzen gering ist, nur noch als Gefahr für die Allgemeinheit in Erscheinung, wenn sie in Schlachthöfen arbeiten, in Flüchtlingsunterkünften interniert sind oder in Alten- und Pflegeheimen leben. Die Aufzählung ließe sich fortsetzen.

Aber auch für die vermeintlich Erfolgreichen wird die Luft dünner, der Wettbewerb härter. Konnte man sich vor Jahren noch mit solider Bildung, Fleiß und Ausdauer, wenn es sein musste auch mit vehementem Ellenbogeneinsatz, im gesellschaftlichen und betrieblichen Aufstiegskampf behaupten, zählt der aus der Industriegesellschaft erwachsene und als Erfolgsrezept propagierte Individualismus heute nicht mehr viel, wie der Soziologe *Andreas Reckwitz* schon vor Jahren (Die Gesellschaft der Singularitäten, 2019) festgestellt hat. In einem Gespräch im Deutschlandfunk Kultur am 23.10.2017 machte er deutlich: „Nicht mehr allein Fleiß, bestandene Prüfungen und gerahmte Zertifikate garantieren den Erfolg. Es sei vielmehr das eigene Profil, das zählt. Nur wem es gelinge, sich in seiner Einzigartigkeit, Originalität und Attraktivität zu profilieren, hätte heute eine Chance auf monetäre und soziale Anerkennung." Und weiter: „... sei man mehr als jemals zuvor auf ‚kulturelles Kapital' angewiesen. Man müsse also das Wissen und ein Gefühl dafür entwickelt haben, was als attraktiv und interessant gelten kann. Im Besitz dieses Wissens sei vor allem die ‚Neue Mittelklasse', wohingegen sich die ‚Neue Unterklasse' und die alte Mittelschicht einer zunehmenden Abwertung und Prekarisierung ihrer Tätigkeitsbereiche und Lebensstile ausgesetzt sähen."

Dieser Individualismus modernster Ausprägung ist offensichtlich eine Steilvorlage für Egoismen aller Art. Ich bin Ich und unteilbar in mir. Eine Supermonade, das großartigste und ausdifferenzierteste Atom in dieser Welt. Und die anderen sind die anderen. Meistens die Bösen, erkennen sie doch nicht meine Einzigartigkeit, stehen mir im Weg, selten die Guten, die meine Exklusivität anerkennen und mir dienlich sind. Aber auf jeden Fall sind auch sie nicht so wie ich bin. Kreativ und gesellschaftlich belohnt werden alle Methoden von Abgrenzung eingesetzt, um die Individualität zu retten – „... auf Teufel bleib drin". Was für eine Falle!

Der Preis ist hoch. Über kurz oder lang verhärten solche Leute, die vermeintlichen Gewinner und Verlierer werden liebensunfähig. Warum? Sie können ihr Selbst nicht (mehr) mitteilen. Akte der Selbstlosigkeit stellen die höchste Alarmstufe dar. Sie signalisieren Gefahr: Achtung, du verlierst dich. Burnout droht. Mitmenschlichkeit geht dann gar nicht mehr, denn der andere könnte ja mein Feind oder zumindest mir nicht dienlich sein.

Aber man verliere sich nicht ins vordergründige „Schwarz-Weiss-Denken", in Schuldzuweisungen von Gut und Böse. Sie sind konstruktive Bestandteile der besagten Falle, in die man allzu schnell hineingerät.

Wie lassen sich die Geister beherrschen oder besser gesagt, wie lassen sich die guten, befreienden und friedenstiftenden Geister von jenen unterscheiden, die offensichtlich Gesellschaft und Wirtschaft, aber zunehmend auch den einzelnen Menschen und unser gesellschaftliches Zusammenleben existentiell bedrohen?

Hilfreich ist es auch hier, die Heilige Schrift zur Hand zu haben: „Wo zwei oder drei in meinem Namen versammelt sind ..." (Mt 18,20).

In wessen Name, und was ist eigentlich der Name? Jeder von uns hat einen Namen. Bei Vorstellungsrunden: Vorname, Nachname. Der Name ist die Kurzformel für die Geschichte eines Menschen. Ja, tiefer gesehen, für sein Wesen. Für die sich immer zeitigende Weise der Anwesenheit eines Menschen in Fleisch und Blut. Im Namen fokussiert unsere eigene Psyche, das Prinzip der Individuation. Ich bin ein Individuum.

Und wie leicht geht man, wenn vermeintlich unlösbare existentielle Probleme auftreten, wieder in die Falle, wenn eigentlich sinnvolle Erklärungsmuster der Soziologie oder hilfreiche Therapieansätze der Psychologie zur „Egologie" mutieren.

Da wäre es doch klüger, Nächsten- von Feindesliebe zu unterscheiden. Wer ist mein Nächster? Diese Frage stellte ein Schriftgelehrter, Jesus auf die Probe stellend. Wer lässt sich letztendlich auf den neuen Weg ein, den Jesus aufzeigt? Zur Auslegung des barmherzigen Samariters, Lk 10, 25–37, vgl. *Paul Imhof: Christliches Familienstellen, Vier Türme Verlag, 2016, S. 153–156.*

Wir stellen fest, die Ethik Jesu, in seinem Namen zu handeln, ist weiterführend. Wo das egozentrierte Individuum war, nimmt dein wahres Selbst in dir Gestalt an. Du bist ganz bei dir und kannst dich in aller Freiheit mitteilen.

Im Namen Jesu Christi. Was ist das für eine Initiation eines alternativen Selbstverständnisses? Was ist denn das für ein wahrer Mensch, in dem die wahre schöpferische Liebe präsent wird? Und ein einzelner Mensch erfährt sich nicht nur als Teil und Fortgang seiner eigenen, Generationen zurückreichenden Familiengeschichte, sondern erlebt sich in der Nachfolge Jesu Christus in einem wirklich großen spirituellen Zusammenhang. Das nennt man dann Vollmacht (griechisch: *exousia*). Ein solcher Mensch handelt aus seinem Wesen heraus, der Anwesenheit Gottes in ihm. Und was für ein alternatives, anthropologisches Konzept es ist: Wo zwei oder drei oder mehr in Seinem Namen versammelt sind – welche Ansage – da bin ich mitten unter ihnen. Das nennt man tragende Substanz. *Sub-stare* heißt, DAS, worauf du stehen und gehen kann. Dadurch findet eine Zentrierung statt. Wer von seinem springenden Punkt, seinem Herzzentrum handelt, lebt substanziell und existenziell in Zeit und Raum.

Die Metapher in Matthäus 4,19 macht deutlich, worum es bei der Aussendung von Petrus und seinem Bruder Andreas geht: „Kommt her, ich werde euch zu Menschenfischern machen." Ein Erfolgsmodell und Alternative zum damaligen römischen wie zum heutigen postmodernen, neoliberalen, scheinbar unumstößlichen Gesellschaftsmodell, eine Metapher, die in sich umbricht und mit dem herrschenden System bricht. Petrus wurde als Mensch aus seiner bis dahin geltenden Zeitlichkeit gehoben, um Menschen „aus dem Wasser zu heben", denn der Geist lagert über dem Wasser, so dass die Menschen sich ihrer Geistigkeit bewusst werden können und an das Ufer der Ewigkeit, der Überzeitlichkeit, gelangen.

Und damit verlassen wir erst einmal das Nachdenken über die Geistigkeit des menschlichen Geistes und (an-)erkennen die Göttlichkeit des Geistes.

Wo zwei oder drei versammelt sind in Seinem Namen, aufgrund Seiner Heilsgeschichte und Seiner Biografie, Seiner Gegenwärtigkeit und Zukünftigkeit – was für ein Vers – da bin Ich mitten unter ihnen.

Was für eine Perspektive!

Der Gegenwart Jesu Christus substanzielle Präsens einzuräumen, ist eine geniale paradoxe Intervention.

Es freut mich, dass Gerhard Heide nun seine Berufung und Sendung neu gefunden hat und im Namen Jesus Christi geistlich Suchende und im Hospizdienst Menschen am Krankenbett oder in der Sterbebegleitung mit dem Evangelium, dem Wort Gottes und auf Wunsch auch mit dem Salböl – dem Zeichen der Nähe Jesu Christi – nun zur Seite steht und sie begleitet: im Diesseits und an der Grenze vom Diesseits zum Jenseits.

So erfüllt er seinen Dienst, von dem es im Jakobusbrief heißt: „Wenn jemand von euch krank ist, soll er die Ältesten der Gemeinde zu sich bitten. Sie sollen für ihn beten und ihn im Namen des Herrn mit Öl salben." (Jak 5,14).

Gottes Segen für seine Zukunft.
Herzlichst, Paul Imhof
27. September 2020
Hildesheim

Leben ausleuchten

Ich werde, also bin ich“ heißt das kleine Buch, eine Anleitung zur Biografiearbeit von *Therese Spirig-Huber* und *Karl Graf* (2018). Ich war auf der Suche nach Anregungen, wie ich mit der Arbeit beginnen könnte. Ich wollte nicht Gefahr laufen, zu systematisch, logisch oder analysierend zu schreiben, was mich nicht nur mein Berufsleben als Sozialwissenschaftler lange Zeit prägte. Ich bin ja auch so.

Der Titel machte mich stutzig, und ich brauchte einen Augenblick zum Umdenken. Er verweigert sich dem Denken eines klassischen Lebenslaufes und den Vorstellungen, mit denen man sein Leben plant, ebenso wie den Rückblicken auf all das, was man vermeintlich geleistet hat.

Und das Nachdenken über diese Formulierung führte mich direkt zurück in Abschnitte meines Lebens, nicht chronologisch geordnet, nicht schon bei einzelnen Ereignissen, Höhe- oder Tiefpunkten, aber in ein gutes Gefühl: Ja, das bin ich, das ist aus mir geworden, ich habe nicht alles so geplant, vieles ist anders gekommen als erwartet, aber es hat wohl einen Sinn gehabt. Es ist gut so! Und das ist ein sehr, sehr gutes Gefühl – vermittelt Lebenskraft und -freude. Lust zum Schreiben.

So habe ich das Schreiben meiner Biografie begonnen, um auch das zu verstehen und zu erkennen, was viele Jahre unverständlich blieb oder sich schmerzlich im Verlauf meines Lebens immer wieder regte. Es war zu Anfang eher eine Ahnung, aber wohl auch eine gute (weitere) Möglichkeit, Frieden zu finden mit wenig oder gar nicht gelungenen Situationen und Beziehungen.

Damit setze ich meinen vor einigen Jahren begonnenen Weg der bewussten Glaubenssuche fort. Viele Erfahrungen, die ich in den jährlichen Exerzitien oder in christozentrischen Aufstellungen bei Paul Imhof mache, begegnen mir in der Rückschau und im Schreiben, setze ich mich hier doch ganz wesentlich mit den „Texten meines Lebens" auseinander, um Einsichten zu gewinnen, die sich erst durch das Zusammenführen und Aufschreiben eröffnen: innere Bilder, Eindrücke, Vermutungen und Erkenntnisse, die ich vielleicht schon mein ganzes Leben in mir trage. Und immer wieder waren und sind es ganz bestimmte Bibelstellen, die oft nur flüchtig aufblitzten, aber die zu meinen ganz persönlichen geworden sind. Sie sind mir Kompass für meinen Lebensweg geworden; wie ein Herzensgebet behütet.

Mit meinem Vorhaben beginne ich für mich wertvolle Ausgrabungsarbeiten und Wiederentdeckung der kleinen Schätze in der Geschichte meiner Familien und auch meines persönlichen Lebensweges.

Joachim Ernst Berendt (†) zitiert in seinem Buch „Es gibt keinen Weg nur gehen" (1999) von Sri H. W. L. Poonja einen kleinen Text, der auf mich beim ersten Lesen vor Jahren verstörend wirkte: „Es gibt mehrere Bilder, die aus Gold gemacht sind. Ein Bild von Christus, eines von einem Hund und eines von einem Schwein. Jedes besteht aus 200 Gramm Gold. Wenn du eins zum Juwelier bringst, um es einzuschmelzen, welches wird den besten Preis bringen? Schwein, Hund oder Gott – derselbe Preis. Wenn du den Grundstoff siehst, ist es derselbe Wert. Der Grundstoff ist derselbe. Wenn du Name und Form entfernst, namenlos und formlos, was bist du? Wer bist du?"

Ist der Grundstoff unseres Wesens nicht letztendlich das Licht, welches Gott noch vor den vielen Lichtern am Himmelszelt geschaffen und das die Finsternis verdrängt hat? „Da sprach Gott: »Licht soll entstehen!« Und es entstand Licht." (Gen 1,3). Und von Matthäus (5,14-15) ist uns überliefert: „Ihr seid das Licht der Welt:

·h und bedürftig dieses in Wahrheit ist. Der einzige Weg reiung von Angst und Unsicherheit besteht darin, unsere ung zu durchtrennen an das, was wir 1. meinen zu sein, 2. r sein müssten und 3. wie die anderen uns wollen. Diese ungen formen ein Kabinett voller verzehrter Spiegel, die rhellen." (S. 293)

habe auch ich mich irgendwann auf die Suche nach mir t und habe Gott gefunden, dem es trotz seiner unendlichen htigkeit vor rund 2000 Jahren in den Sinn kam, uns mit hristus ein Vorbild – einen Menschen göttlicher Natur – len, um uns vor Augen zu führen, was wir wesentlich und dlich sind. Schon das Buch Genesis überliefert uns (Gen Und Gott schuf den Menschen nach seinem Bild. Als Gottes ld schuf er sie. Er schuf sie als Mann und Frau." Und ich mir die Frage: Wie passt das alles in meine Welt?

Mensch Jesus war für mich nie ein Problem. Bessere histo- Vorbilder findet man kaum auf dieser Welt, zudem sein Auf- und Wirken immer die jeweilige Gegenwart kritisch spie- Aber eben auch mein Leben. Und dass er der Christus ist, ss ich in seiner Nachfolge stehen darf, das war insbesondere letzten zwei Jahren ein wirklicher, innerlicher Reifungs- kenntnisprozess.

gerschaft war für mich etwas aus der biblischen Überliefe- der für Heilige katholischer Tradition, zu denen ich als Pro- ein eher distanziertes Verhältnis pflege. Die Verhältnisse n sich schrittweise um: „Nicht ihr habt mich erwählt, son- h habe euch erwählt, auf dass ihr hingeht und Frucht bringt re Frucht bleibe." (Joh 15,16)

kblickend ist ER wohl tatsächlich meinen Lebensweg mit gangen, auch wenn ich es nicht gesehen oder wahrhaben Die Emmausjünger (Lk 24,13) mussten auch erst zuhause

Eine Stadt, die auf einem Berg liegt, kann nicht verborgen bleiben! Es zündet ja auch niemand eine Öllampe an und stellt sie dann unter einen Tontopf. Im Gegenteil: Man stellt sie auf den Lampenständer, damit sie allen im Haus Licht gibt."

So mag diese biografische Arbeit mir behilflich sein, mein Leben im Sinne der Guten Botschaft auszuleuchten und das Licht weiterzutragen.

Spurensuche

Es sind wohl immer auch die weltlich
ten und begleiten. Natürlicherweise und
die eigenen Eltern, dann andere, naheste
rige, später Lehrer, Pfarrer, zunehmend M
im Rahmen einer Berufsausbildung oder e
natürlich auch unsere unerreichbaren Id
zu einem Vorbild werden, da er persone
wenn die wohl erforderliche Hinführung
eher bescheiden, gar destruktiv verlief; I
somit auch bei mir offensichtlich unabwe

Von den realen Vorbildern habe auch
immer mehr getrennt, denn sie waren a
schnitte gebunden. Aber was bleibt? Han
wusst oder unbewusst doch vom letzten
durchs Leben? Wer oder was gibt Orienti
sich besser seine eigenen Visionen und
sich die vielfältigen Lebensweisheiten let
Jeder ist seines Glückes Schmied; hilf' dir s
ner etc.!? Die Angebote von Weltanschau
chungen sind unüberschaubar.

Mit so geschriebenen Lebenslinien wer
Persönlichkeiten": Ich, Ich, Ich. Aber die
wer ich eigentlich bin, bleiben dann unter
unbeantwortet. Es gibt von *Richard Rohr* (2
den er als „Befreiung aus dem Spiegelkabin
Befreiung, der auch ich mich irgendwann s
rung kann als der Prozess der Desillusioni
getrennten Selbst bezeichnet werden und

ängstli
zur Be
Anhaf
wer w
Anhaf
nichts
Als
gemac
Allmä
Jesus
zu sen
letzte
1,27):
Ebenb
stellte
De
rische
treten
gelte.
und d
in der
und E
Jün
rung
testar
kehrt
dern
und e
Rü
mir g
wollt

ankommen, um zu begreifen, wer sie auf ihrem Weg begleitet hat. Und ER hat offensichtlich auch bei mir diverse Kurskorrekturen vorgenommen, ohne dass ich es anfangs überhaupt gemerkt habe, habe mich leiten lassen, sonst wäre ich vor etwa 15 Jahren nicht im Haus Benedikt in Würzburg, Jahre später nicht auf dem Schwanberg und Anfang 2016 nicht im Grundkurs Spiritualität bei Paul Imhof gelandet.

Das Wort Kurskorrektur ist von mir hier bewusst gewählt: Es waren nicht die Jahre auf der Zen-Matte im Haus Benedikt und zuhause, sondern die beiden Segeltörns mit Harald Vogt, dem damaligen Schwanbergpfarrer, und den über 30 Männern 2014 auf der Ostsee und 2015 auf die Nordsee hinaus, die in mir etwas in Bewegung setzten, wobei ich damals nicht genauer hätte beschreiben können, was da in mir passierte. Sicher waren es die vielen guten Gespräche mit Harald und den anderen Männern, die Bewältigung des täglichen Lebens; wir waren auf den einwöchigen Törns Selbstversorger. Natürlich auch das Segeln mit den Männern und der Crew. Jeder hatte seine Aufgaben und brachte sich für die Gemeinschaft und das gute Gelingen dieser Tage auf dem Schiff ein.

Berührt und geöffnet haben mich ganz tief die von Harald angeleiteten, gemeinsamen Morgengebete: im wahrsten Sinne Leibgebete.

Der erste Törn startete in Hamburg, und es sollte auf die Nordsee nach England gehen; so der Plan. Aber Sturm aus Nordwest und die Wassermassen, die die Flut in die Elbe drückte, brachten unseren Traditionssegler „Hendrika Bartels“ selbst unter Motor an seine Grenzen und am ersten Tag nur bis Glücksburg, so dass wir unseren Plan überdenken mussten: Am zweiten Tag nahmen wir durch den Nordostseekanal Kurs auf die Ostsee Richtung Dänemark.

Im Außen führte das uns nicht in keltische Gestade, was aber der inneren, spirituellen Reise keinen Abbruch tat. Harald Vogts Impulse zu den sieben Stufen des Lebens im keltischen Christentum inspirierten uns Männer zu vielen vertiefenden Gesprächen.

Damals ahnte ich noch nicht die spirituellen Linien zwischen den keltischen Kreuzsteinen und ihren „Brüdern", den Khachkaren, die mir drei Jahre später auf der Studienreise in Armenien mit den dortigen Kreuzsteinen dann tatsächlich begegnen sollten.

Der zweite Törn führte uns dann tatsächlich nach England und tief in die Wirkungsgeschichte von Dietrich Bonhoeffer, dessen Ermordung im KZ-Flossenbürg sich 2015 das siebzigste Mal jährte. Nachdenklich macht mich bis heute die Tatsache, dass er schon so früh in England, nicht in Deutschland, als Märtyrer geehrt wurde und neben Maximilian Kolbe, Martin Luther King u. a. in London Platz im Portal von Westminster Abbey gefunden hat. Und es war eine zutiefst beeindruckende Textstelle aus seinen Briefen aus dem Gefängnis, die von unendlich viel Mut und Zuversicht spricht: „Ich glaube, dass Gott uns in jeder Notlage so viel Widerstandskraft geben will, wie wir brauchen. Aber er gibt sie nicht im Voraus, damit wir uns nicht auf uns selbst, sondern allein auf ihn verlassen. In solchem Glauben müsste die Angst vor der Zukunft überwunden sein." (Widerstand und Ergebung, 2013).

Diese beiden Törns werden mir auch deswegen immer in guter Erinnerung bleiben, weil ich sie gemeinsam mit meinem ältesten Sohn Martin machen konnte. Wann hat man als Vater schon mal die Gelegenheit, eine ganze Woche gemeinsam mit seinem erwachsenen Sohn, noch dazu in guter Männergemeinschaft, zu verbringen; ein großes Geschenk – und ein Jahr später erneut. Gerne hätte ich auch Nils, meinen jüngsten Sohn, dabeigehabt, aber die Altersgrenze von 21 Jahren für die Teilnahme am Törn hatte er damals noch nicht erreicht.

Die gewohnte Umgebung und die sicheren Beziehungen für einige Zeit verlassen, das Segeln in einer Männergemeinschaft, geistlich gut begleitet, in und mit der Gemeinschaft auf sich gestellt jeden Tag gut zu bewältigen, Wind und Wetter zu trotzen, ihnen aber auch nachgeben zu müssen und sich in jedem Tag im morgendlichen Leibgebet neu verordnen zu können, war Grenzerfahrung und Geschenk gleichermaßen. Und es machte Mut, über einen neuen Kurs nachzudenken, der mich 2016 in den zweijährigen Grundkurs Spiritualität bei Paul Imhof auf den Schwanberg, dem Geistlichen Zentrum der Communität Casteller Ring, Rödelsee, führte.

In dieser Zeit lernte ich einen neuen Blick zurück, ohne mich in psychologische Zusammenhänge oder vermeintliche Abhängigkeiten und Dynamiken zu verstricken. Und damit auch eine andere Sicht auf lang zurückliegende Ereignisse, in Lebensphasen, in denen ich beruflich sicher produktive Hochphasen erlebte, aber den Preis nicht kannte oder wahrhaben wollte, ihn aber recht bald zahlen sollte. Auf die Übernahme immer neuer Aufgaben und Verantwortung, die andere scheuten, mir aber für die erfolgreiche Projektarbeit dienlich erschienen, reagierte mein Körper Anfang der Zweitausender – für mich überraschend – mit Schlaflosigkeit, Erschöpfung und Herzrhythmusstörungen. Paul Imhofs Praxishandbuch „Christliches Familienstellen“ (2016) kannte ich damals noch nicht, aber das Bild, welches er in einem seiner Beiträge zeichnet, passte auf mich in diesen Jahren: „Das Kamel ist stark und willig, vertraut mit Wüste und Einsamkeit, riecht von weitem, wo eine Oase ist und sagt: Wo ist noch eine Last, die ich tragen könnte? Man will ja ein gutes Kamel sein! Das Kamel hört vor allem eins gern: du sollst. Manchmal sind die vielen Kameltreiber etwas lästig, aber die spirituelle Grundgestimmtheit kämpft sich durch: Was soll ich tun? Ich kann es ja, ich bin ein großes Kamel.“ Und sein

Verweis auf Lukas 18,25: „Denn es ist leichter, dass ein Kamel durch ein Nadelöhr eingehe, als dass ein Reicher in das Reich Gottes eingehe ..." (S. 173), macht im Rückblick deutlich, dass das „Immer Mehr" nicht zum Ziel führt.

Von einem Burnout-Syndrom sprachen damals die Ärzte nicht, der Begriff fand noch nicht so viel Beachtung, aber wenn ich meinen damaligen Umgang mit mir selber, meiner Gesundheit und meiner Außenwelt nüchtern betrachte, war ich an einem absoluten Tiefpunkt angekommen: Wie gewohnt, verließ ich eines Mittags mein Büro, um in der Innenstadt etwas zu essen, als ich plötzlich nur noch Doppelbilder sah und gezwungen war, mich für einige Minuten hinzusetzen – neben dort verweilenden Obdachlosen; körperlich, psychisch und sozial angekommen. Jeglicher gute Geist, Bedingung für ein solides Verantwortungsbewusstsein, war mir offensichtlich abhandengekommen. Glücklicherweise verhalf mir ein gewisser Rest im Gespräch mit meinem Arzt zu der Erkenntnis, einen Antrag auf Rehabilitation zu stellen, der mir recht bald mit einen vierwöchigen Aufenthalt in einer psychosomatischen Klinik bewilligt wurde, und über die anschließende dreijährige ambulante Psychotherapie wurde ich mit guten Vorsätzen wieder arbeitsfähig.

Aber es wuchsen auch erste Ansätze für ein neues Arbeits- und Berufsverständnis. In dieser Zeit absolvierte ich eine berufsbegleitende Zusatzausbildung zur Personal- und Organisationsentwicklung, und im Sommer 2005 wechselte ich ins Personalmanagement meines Arbeitgebers, um dort die Personalentwicklung aufzubauen.

Wirklich gelernt für mein Leben habe ich aus der damaligen Krise aber erst einmal wenig, denn alle Erkenntnis floss letztendlich, gewendet und angewendet, (weiterhin) in mein berufliches Engagement ein.

Um für das eigene Leben und das meiner Familie zu lernen, bedurfte es wohl des schweren Motorradunfalls im Frühjahr 2005: Eine hochbetagte Dame nahm mir mit ihrem Mercedes die Vorfahrt, es kam zum Frontalzusammenstoß. Nach menschlichem Ermessen hatte ich eigentlich keine Chance. Welcher Engel mich damals wohl im richtigen Augenblick aus dieser Situation herausgenommen und fünf Meter weiter unter der Fußgängerampel wieder abgelegt hat – diese Frage stellte ich mir allerdingst erst Jahre später.

Aber irgendwie war es nicht nur eine Grenzerfahrung im Unfallgeschehen. Ich beendete die 2003 nach dem Klinikaufenthalt begonnene Psychotherapie wenige Wochen später, und wiederum einige Monate später verbrachte ich meine ersten Tage im Haus Benedikt, Würzburg, dem Stadtkloster der Mönche von Münsterschwarzach.

Beruflich und wohl auch ganz persönlich haben mich die Ereignisse dieser Jahre dann letztendlich doch irgendwie weitergebracht. Gerettet hat das meine zerrüttete Ehe nicht, so dass es 2008 zur Trennung von meiner Ehefrau Rita kam. Unsere Kinder, Martin und Nils, waren zu diesem Zeitpunkt 11 und 16 Jahre alt. Die Jahre vor und nach der Trennung waren für sie sicher sehr schmerzlich, jedoch eröffneten sich letztlich für beide Jungs auch neue Perspektiven und Beziehungen zu uns Eltern und neuen Partnern, die heilsam waren und sind.

Bei aller Belastung, die dieser Lebensabschnitt mit sich brachte, war es für mich vor allem eins: Aufbruch und Neuanfang. Haus Benedikt in Würzburg ließ mir ab 2005 eine ganz neue Erfahrung zuteilwerden, denn niemand fragte nach meiner Herkunft, nach Beruf oder Konfession, nicht nach Interessen und Zielen – kurzum, kein Wieso oder Warum war erforderlich: „Schön, dass Sie da sind!", prägte die Aufenthalte. Das christliche Haus bot mir einen offenen Raum, um Ruhe und zu mir zu finden. Es war für mich überraschend, hier, in einem katholischen Kloster, fernöstliche Spiritualität anzutreffen. Der Geist, den Willigis Jäger Jahre vorher als Mönch und Zenmeister in das Haus gebracht hatte, wehte noch spürbar! Seine konfessionsunabhängigen Weisheiten standen nicht im Widerspruch zur christlichen Überlieferung, eher zur einschlägigen weltlichen Auslegung, bedienten aber meine tiefliegenden Sehnsüchte. Im Haus Benedikt war durch ihn ein besonderer Raum entstanden.

Wahrscheinlich war es aber genau dieser Raum, den ich in den nächsten drei Jahren immer wieder brauchte: Ruhe finden im Schweigen, auf der Matte im Sesshin und das eine oder andere kurze Reflexionsgespräche mit dem Zenmeister. Und als irgendwann die Schließung des Hauses in Würzburg im Raum stand, fand ich den Weg auf den Schwanberg, in das Geistliche Zentrum der Communität Casteller Ring.

Das Geistliche Zentrum auf dem Schwanberg lernte ich 2011 über eine zweijährige berufliche Fortbildung zur Konfliktbewältigung kennen, Marshall B. Rosenbergs „Gewaltfreie Kommunikation" war die Leitlinie. Der Fortbildungsträger „Team Benedikt" hatte nach der Schließung von Haus Benedikt in Würzburg seine Angebote dorthin verlegt. Und ich erlebte erstmals, wie gut doch persönliche und berufliche Entwicklung ineinander gehen können. Ein erstes „Ora et Labora et Lege"; ganz neue Erfahrungen!

Und dieser Ort auf dem Berg weckte in mir in den nächsten Jahren eine Sehnsucht nach mehr. Immer wieder hatte ich die kleine Broschüre mit ihren vielfältigen Angeboten des Geistlichen Zentrums der Communität in der Hand, und immer wieder blieb ich beim „Grundkurs Spiritualität" von Paul Imhof hängen. Da tauchten wieder Gedanken und Erinnerungen auf, die sich seit den Segeltörns 2014 und 2015 immer wieder meldeten, vielleicht noch nicht konkret und handfest genug für eine Entscheidung, aber doch eben eine Sehnsucht, die verlangte, beachtet zu werden.

Aber ich war ja nun beruflich kräftig durchgestartet, hatte mich im Herbst 2010 durch ein Assessment Center um die Leitung der Neusser Volkshochschule gekämpft und durchgesetzt und hatte mich, um noch einmal im Bild von Paul Imhof zu bleiben, vom Kamel zum Löwen gewandelt: „Sie fangen an zu brüllen, schütteln ihre Mähnen, werden sozusagen repräsentativ. Das Lebensgefühl ist: Das kann doch nicht sein: Ich arbeite und tue meine Pflicht! Ich möchte auch einmal der Herr sein!" Der „Löwe" war nicht die Weisheit und entsprach nicht der verspürten Sehnsucht, auch weil in ihm – und das bringt die Zugehörigkeit eines Volkshochschulleiters in eine öffentliche Verwaltung mit sich: Das „Kamel" musste noch weiterleben!

Im Sommer 2014 schloss ich mit meinem Arbeitgeber einen Altersteilzeitvertrag. Löwe und Kamel mussten nun zweieinhalb Jahre für reduziertes Salär schuften, dafür entließ mich mein Arbeitgeber im Herbst 2017 in die sogenannte Freizeitphase der Altersteilzeit bei gleichem Gehalt, aber in die Freiheit!

Diese Perspektive machte Mut und ließ der verspürten Sehnsucht Raum: Im Herbst 2015 meldete ich mich für den „Grundkurs Spiritualität" bei Paul Imhof an.

Rückwirkend betrachtet, ich war inzwischen 62 Jahre alt, wurden es zwei Jahre meines Lebens, in denen ich mich erstmalig vorbehaltslos und systematisch mit meinem Glauben beschäftigen konnte. Hatte ich 40 Jahre früher, nach den Erfahrungen in meiner heimatlichen Kirchengemeinde und der Konfirmation, der Kirche und wohl auch meinem Glauben den Rücken gekehrt, wagte ich nun einen Blick durch die Tür, die ER da offensichtlich für mich immer einen Spalt offengelassen hatte: „Ich bin das Tor. Wer durch mich hineingeht, wird gerettet. Er wird hinein- und hinausgehen und eine gute Weide finden." (Joh 10,9)

Vermittelt wurde im Kurs nicht eine irgendwie geprägte Theologie, was mich als Sozialwissenschaftler wahrscheinlich nur auf altbekannte und vermeintlich sichere Spielfelder (aus-) manövriert hätte, sondern es erschloss sich für mich ein völlig neuer Erfahrungshorizont.

Von Karl Rahner ist ein kurzes Gebet überliefert, das ich dann 2017 mit zu meinen ersten, zweiwöchigen, ignatianischen Exerzitien bei Paul Imhof auf den Schwanberg nahm: ... die Gewissheit der Erhörung und der restlose Verzicht, nach eigenem Plan erhört zu werden. Amen.

In diesen Wochen landete ein kleines Samenkorn in mir (Mt 13, 31-32), begann zu keimen und wurde von mir auf den weiteren Etappen meiner Pilgerreise gehegt und gepflegt. Es kann wachsen.

So vollzog sich in mir ein stetiger Wandel: In vielen kleinen Etappen übernahm ich wirkliche Verantwortung für mich, traf gute Entscheidungen, beschritt neue Wege. Verantwortung übernehmen ist in meinem Leben ein Schlüsselbegriff geworden.

Immer konkreter wurde ein neues Lebensgefühl und ein Grundverständnis für das, was mein Dasein und mein Wirken in der mir verbleibenden Zeit in dieser Welt sein kann; keine Endzeitstimmung, aber viel Zuversicht und Gelassenheit. Zu diesem Gefühl, musste ich mich erst über viele Etappen – mein persönlicher Pilgerweg – durcharbeiten, hineinarbeiten und eben auch beten. Ich bin nicht am Ziel, das liegt der Überlieferung nach (Joh 17,9ff.) ganz woanders, aber ich bin auf einem wahrhaft richtigen Weg.

Es gibt ein sehr schönes Bild, das die Schriftstellerin Ingrid Bachér am 6. Januar 2020 in einem Beitrag der Rheinischen Post beschrieb und das ich zitieren möchte: „... das Alter ist kein begrenzter Raum, sondern eine Landschaft, weitläufig und unmessbar, nie ganz zu erkunden, und sie öffnet sich dem, der weiter vorangeht." Und sie schaut mit diesen Gedanken und Gefühlen auf das, was da kommen mag: „... den Tod der Lieben und der Freunde, das Absterben aller Gewissheiten, die Unsicherheit des Körpers und die Entdeckung der Schöpfung, die Erkenntnis, was das bedeutet, dass wir Geschöpfe sind."

Die Studienreise nach Armenien im Spätsommer 2017 löste in mir einen Knoten: Das Knospenkreuz ersetzte dort schon vor rund 1700 Jahren das Kruzifix: Das Leiden gehört ins Gestern. Auferstehung und Erlösung könnten also auch für mich ein neues Leben verheißen. Sehr gut im Gedächtnis bleibt mir auch der Gottesdienstbesuch in der Kathedrale von Etschmiadsin, dem geistlichen Zentrum der Armenisch-Apostolischen Kirche: so gut wie keine Sitzgelegenheiten, die Menschen kommen und gehen während des rund zweistündigen Gottesdienstes, der hohe Altarraum trennt quasi als Bühne die heilige Liturgie von der Gemeinde und dem Gesang der Chöre. Da waren plötzlich Fragen: Wo bleibt der einzelne Mensch in dieser Ordnung? Oder ermöglicht gerade diese Ordnung dem Einzelnen, sich auf das Geschehen so einzulassen, wie es für ihn in diesem Augenblick angemessen ist – zu beten, zu singen, in seiner Zeit, ohne eine irgendwie definierte Rolle zu spielen und sich nach einem vorgegebenen Ablauf richten zu müssen?

Vielleicht bieten Ordnung und Liturgie dieses Gottesdienstes eine ähnliche Möglichkeit zur Vertiefung und Perspektive, wie der Kreuzstein in der Kirche von Sevan*:

* (Abdruck entnommen aus Hrair Hawk Khatcherian, 2015: Khatchkar, Sevan, 1653)

Die Reise war für mich ein kleiner Einblick mit großer Wirkung, die die Arbeit an meiner Biografie speiste. Die Zeit des Schreibens bekam dadurch immer wieder einen neuen Wert. Produktivität in guter Art und Weise. Sind nicht schon die biblischen Überlieferungen im Kern Biografiearbeit? Das Sprechen Gottes mit den Menschen in ihrer jeweiligen Zeit – in ihrem Ringen, Kämpfen, ihren Zweifeln, Leiden, Hoffen und Beten um den richtigen Weg, der erst deutlich und begehbar wurde durch Jesus Christus in den wenigen Jahren seines Wirkens unter den Menschen – mit ganz neuer Perspektive! Und was macht es mit mir, wenn ich beginne, die Schrift nicht nur als Geschichtsbuch zu begreifen oder sie diversen theologischen Auslegungen auszusetzen, in die ich mich als Sozialwissenschaftler doch nur verlieren würde, sondern sie als meine Heilige Schrift zu begreifen? Dann hat diese Biografiearbeit auch eine heilige und heilende Funktion und Wirkung. Es ist würdevolle Arbeit. Es ist dann wohl der von mir eingangs erwähnte Goldschatz, es ist die Würde, die es gilt herauszuarbeiten.

Einige Wochen nach der Armenienreise machten mir dann die Stillen Tage über den Ersten Advent 2017 im Bernhäuser Forst vielleicht erstmals in meinem Leben klar, dass Würde kein Thema „außerhalb von mir“ ist. Würde war für mich als Sozialwissenschaftler immer eine politische und rechtliche Dimension. Sie als unantastbar in den Menschenrechtskatalog der meisten (halbwegs) verfassten Staaten vorzufinden, mag vor Hintergrund der Shoa und anderer Katastrophen richtig sein, schärft die Aufmerksamkeit, dass sich schreckliche Ereignisse nicht wiederholen, auch dass darüber staatliche und überstaatliche Instanzen wachen. Aber das sagt doch noch nichts über ihren wahren Ursprung und Wert aus. Als Mensch habe ich sie empfangen, sie ist mir Gottes Geschenk, untrennbar auch mein Wesen und Akt seiner Schöpfung. Sie benötigt keine Rechtfertigung, kein Mensch und keine weltliche

Macht kann sie zubilligen oder absprechen. Aber ich trage für sie – für mich – Verantwortung. Damals habe ich für mein eigenes Leben einen Schlüsselsatz formuliert, der zwei Jahre später mein Leitgedanke und -satz, durch seine zwei Lesarten, in der Hospizarbeit werden sollte: In Würde endlich leben!

Lebensthemen werden uns Menschen wohl in die Wiege gelegt. Und zwar nicht nur das genetische Erbe unserer von Eltern und Vorfahren, sondern auch Botschaften und Aufträge, seien sie offen vermittelt oder still, gar tabuisiert, der Kommunikation verschlossen, aber trotzdem weitergegeben: Sie weisen uns den Weg, prägen unsere Persönlichkeit und unsere sozialen Beziehungen. Und sie bergen ein riesiges Potential: Fähigkeiten, die sich fördern lassen, Chancen, die wahrgenommen werden wollen, Bürden, die zu buckeln sind, und ungelöste Konflikte, die unbewusst oder zumindest mit einer gewissen Ahnung von Generation zu Generation weitergegeben werden. Ich bewerte das nicht deterministisch oder gar fatalistisch. Erst recht nicht, wenn oder weil wir uns als Gottes Schöpfung und sein Ebenbild begreifen. Obwohl ich mit Gott lange zweifeln musste. Wir alle übernehmen im Verlauf unseres Lebens früher oder später Verantwortung für uns. Und hier liegt dann doch ein riesiger Gestaltungsspielraum, was wir aus unserem Leben machen.

Und in diesem Sinne wurde ich in meine Familie und in eine bereits „laufende Geschichte" hineingeboren: am 27. August 1954 in Seesen am Harz, als erstes Kind meiner Eltern Elisabeth und Gerhard Heide.

Meine Mutter, Elisabeth Heide, geborene Ernst, Jahrgang 1931, ist aufgewachsen als älteste Tochter in einem kleinen Dorf im Harz, im elterlichen Betrieb einer Gastwirtschaft mit Pension und landwirtschaftlichem Nebenerwerb. Durch den deutlichen Altersabstand zu ihren beiden Schwestern übernahm sie frühzeitig Verantwortung und Sorge für jene, aber auch in der Familie und später im elterlichen Betrieb. Im Alter von 11 Jahren erkrankte ihr Vater an Leukämie. Medizinisch zum damaligen Zeitpunkt und im Kontext des Kriegsgeschehen ein sicheres Todesurteil. Meine Mutter übernahm in den letzten Lebensmonaten ihres Vaters faktisch die Sterbebegleitung. Bis heute habe ich meine Mutter nie darüber klagen gehört. Die Nähe zu ihrem Vater war ihr verständlich ein Herzensanliegen. Ihre Mutter hat später mit ihr gemeinsam die Familie und den Betrieb aufrechterhalten, sich letztendlich im Alkohol verloren und ist früh, im Alter von 67 Jahren an den Folgen dieses Missbrauchs verstorben.

Meine Mutter hat meinen Vater schon mit 17 Jahren in den unmittelbaren Nachkriegsjahren kennengelernt, er war fluchtbedingt in ihr Heimatdorf gelangt. Sie haben 1953 geheiratet.

Ich wurde 1954 geboren, und in meinem zweiten Lebensjahr wurde bei mir ein Nephroblastom festgestellt und seitens der Ärzte mit einer sehr schlechten Prognose versehen. Aber Krankheit und Operation habe ich letztendlich überstanden – natürlich Dank der Ärzte, aber wohl zu einem noch viel größerem Maß durch den Glauben meiner Eltern an mich. Manifestiert sich nicht jeglicher Glauben in einem neu geborenen Kind? Versorgung, Pflege und Liebe. Wie tief muss zu damaligem Zeitpunkt bereits barmherzige/s Haltung und Handeln in Herz und Verstand meiner Mutter und in meinem Vater Fuß gefasst und geholfen haben, den Alltag zu bewältigen? Im Krankenhaus, vor meiner Operation, erhielten meine Eltern von den Ärzten einen gut gemeinten Rat: „Sie sind ja noch jung, gehen Sie nach Hause, sie können doch noch Kinder bekommen." Zehn Monate später wurde meine schwerstbehinderte Schwester Jutta geboren, die bis zu ihrem Tod, 2011, sie starb an den Folgen eines Kehlkopfkrebses, zuhause in der Familie lebte und die sicher die gleiche Zuwendung und Liebe empfing wie ich damals und mein Großvater in seinen letzten Lebensmonaten.

Wie leicht sagt man „Schicksal“ und meint damit unendliches Leiden, Ausweglosigkeit, Überforderung etc., aber auch Hoffnung. Meine Eltern haben nie aufgegeben, sicher auch gezweifelt, weit über ihre Grenzen gelebt. Und sind doch immer zuversichtlich, liebevoll und offen geblieben. Auch als 2005 deutlich wurde, dass mein Vater als Folge eines geplatzten Aneurysmas an vaskulärer Demenz erkrankte und 2013 verstarb. Für meine Mutter war es sicherlich die schmerzlichste Erfahrung ihres Leben, dass sie meinen Vater, ihren Ehemann, nach 66 Jahren gemeinsamen Lebensweges die letzten zwei Jahre nicht mehr zuhause pflegen konnte und in eine Pflegeeinrichtung geben musste – nun mit der Angst, dass das Leben der Krankheit und dem Vergessen endgültig preisgegeben ist.

Mit 82 Jahren hat sie 2013 das Elternhaus in Braunschweig verkauft und in der Nachbarschaft einen neuen Hausstand in einer seniorengerechten Wohnung und ein neues Leben begründet. Mit 88 Jahren zwangen sie Herzinfarkt und Schlaganfall wieder zum Neuanfang: Sie lebt heute in Erkelenz, in unserer Nähe, in der Wohngruppe einer Altenpflegeeinrichtung, hat sich gut erholt, von gesundheitlichen Problemen eines hochbetagten Menschen abgesehen, und lebt in der festen Überzeugung, dass auch das ein richtiger Schritt gewesen ist.

Die Familie meines Vaters stammt aus Schlesien, im heutigen Polen. Meine väterlichen Vorfahren waren Mitte des 19. Jahrhunderts von Österreich dorthin ausgewandert, da sie ihren protestantischen Glauben treu bleiben und nicht konvertieren wollten. Mein Vater wurde im September 1924 geboren. Meine Großeltern führten in Weizenrodau, dem heutigen Pszenno, einen Bauernhof und fanden nach ihrer Flucht vor dem Kriegsgeschehen, „dem Russen“, wie es viele Jahre hieß, ein neues Zuhause im Heimatdorf meiner Mutter im Harz. In meinen Erinnerungen – und ich glaube, sie trügen mich nicht – haben sie es immer als ein großes Geschenk begriffen, dass sie selber und ihre vier Kinder, mein Vater hatte zwei Brüder und eine Schwester, den Krieg, die Gefangenschaft und die Flucht lebendig und körperlich unversehrt überstanden hatten, was den Verlust von Haus und Hof in Schlesien zwar nicht verschmerzen, so doch ruhen ließ. Großvater und Großmutter fanden ihren Frieden in der sich vor ihnen liegenden Wirklichkeit: das eheliche Glück von Tochter und Söhnen, deren Beruf und Auskommen. Wir Enkel waren dann auch für sie das Zeichen, dass das Leben im guten Sinne weitergehen kann.

Doch rückwirkend hätten die Lebenswege der drei Brüder, mein Vater der Mittlere, nicht unterschiedlich verlaufen können. Der Verlust der Heimat und damit ja auch für den Jüngsten der Verlust des Hofes, den er übernehmen sollte, schmerzte bis in die frühen siebziger Jahre und fand in den friedenstiftenden Verträgen mit Polen und der Tschechoslowakei nochmal für sie einen schmerzlichen Höhepunkt. Der Jüngste ging endgültig in die innere Immigration, der älteste nutzte die sich neu erschließenden Reisemöglichkeiten zu Besuchen „in der Heimat“ und nährte viele Jahre seinen Schmerz mit Eindrücken, „was die Polen aus Haus und Hof“ gemacht hätten.

Mein Vater hatte wohl zu diesem Zeitpunkt das Friedenstiftende dieser Entwicklung gespürt: Er ist nie wieder zu den sogenannten Schlesiertreffen gefahren, erspürte den gesellschaftlichen Aufbruch im Inneren und Äußeren der siebziger Jahre und nach über zwanzig Jahren ein neues Lebensgefühl: Heimat in Braunschweig. 25 Jahre war er als selbstständiger Kaufmann und Handelsvertreter für eine Weinkellerei in Bad Harzburg in halb Niedersachsen unterwegs, in der Regel drei Tage in der Woche nicht zuhause und wenn, dann mit Aufgaben und Tätigkeiten am Schreibtisch beschäftigt, die sich aus seiner Selbstständigkeit ergaben.

In meinen Erinnerungen, und sie trügen mich nicht, hat mein Vater fast immer gearbeitet. Aber er suchte auch nach Wegen, um mit seinen Kriegserlebnissen umzugehen. Nicht sprachlich, dafür fehlten ihm die Worte. Die Gespräche versiegten immer sehr schnell, wenn man auf das Thema kam. Er hat als junger Mensch die letzten beiden Kriegsjahre erst in Österreich, dann an der Ostfront „mitgemacht" (O-Ton) und ist ihr durch eine Schussverletzung letztendlich entkommen.

Ich glaube, es gab für ihn wenige, aber sehr wichtige Etappen, die sein Leben füllten und prägten: Die Liebe in einem kleinen Dorf im Harz gefunden. Das erste Geld im dortigen Steinbruch verdient. Nachweise für die in Schlesien vor dem Kriegseinsatz abgeschlossene kaufmännische Ausbildung. Die erste Anstellung in einer Weinhandlung in Braunschweig. Der Schritt in die Selbstständigkeit. Der Erstgeborene übersteht die Krebserkrankung. Das Haus für die Familie in Braunschweig. Die Zweitgeborene ist schwerbehindert. Den Alltag gut bewältigen.

Er hat in den fünfziger und sechziger Jahren fast nur gearbeitet. Aber er bewahrte sich auch eine andere Seite. Wenn es sich ergab, freie Zeit am Sonntag oder bei Familienfeiern, griff er zu seiner Ziehharmonika, spielte und sang Lieder aus seiner Jugend, die ihm Heimatgefühl bedeuteten. Er spielte relativ gut, obwohl er nie eine Note erlernt hatte. Und er malte und zeichnete gern. In den 1960er Jahren nahm er sich die Zeit, berufsbegleitend einige Semester Malerei an der Kunsthochschule in Braunschweig zu studieren. Das Bild meines Vaters in dieser Zeit an den Wochenenden: Vor der Staffelei im Wohnzimmer stehend. Er wollte gar nicht angesprochen werden, war irgendwie im Bild und im Malen vertieft. Seine Motive fand er in der Landschaft des Harzes oder des Braunschweiger Umlandes, eine mobile Staffelei begleitete ihn manchmal in selbige. Vielleicht war es sein Weg, in die neue Heimat hineinzuwachsen. Der Geruch von Ölfarbe verhieß uns: Er findet Ruhe und Kraft. Oder er verschwand mit einem Kommilitonen oben im Haus in einem kleinen Raum, meinem späteren Kinderzimmer: Kupferstiche waren als Semesterarbeit anzufertigen. Eine gute erhaltene Kupferplatte symbolisiert mir bis heute die weiche, warme Seite meines Vaters. Die Hochschule durfte letztendlich nur eine Episode sein, Familie und Selbstständigkeit gewannen ihre Oberhand zurück. Da half auch nicht das anerkennende Schreiben seines Hochschullehrers, weiterzumachen. Die Stunden an der Staffelei blieben vorerst. Viele Jahre später, auf seinem Weg in die Demenz, sollte er auch das Malen und seine Ziehharmonika verlieren.

Aber da war noch seine unvorstellbar große Tierliebe. Von seinen ausgedehnten, früheren Fahrten zu Kunden brachte er immer wieder verletzte oder in kalten Wintern fast verhungerte Vögel, einmal eine Fledermaus, mit, die wir wieder aufpäppeln konnten. Das Kellerfenster oder die Voliere im Garten boten Schutz auf Zeit oder auf Dauer. Ein offensichtlich auf festverschneitem freiem Feld dem Verhungern preisgegebener Vogelschwarm, Lerchen, bewegte ihn spontan, in das nächste Dorf zurückzufahren und mehrere Kilo Haferflocken zu kaufen und diese auf das Feld zu den Vögeln zu bringen. Wie erkennt ein Mensch auf deutlicher Entfernung, Straße zu Feld, die für das Tier lebensbedrohliche Lage – verletzt, am Verhungern? Sicher seine Kindheit und Jugend auf dem heimatlichen Bauernhof. Die einschneidenden Erlebnisse als junger Soldat an der Ostfront. Wohl auch in eine Familie hineingeboren zu werden, die Generationen vorher ihres protestantischen Glaubens wegen nach Schlesien ausgewandert war. Stille Botschaften. Er hat nie viel darüber geredet. In ihm war offensichtlich eine besondere Haltung und Wahrnehmung gewachsen. Er vertraute ihr – seiner Intuition.

Ende der sechziger Jahre kamen die ersten Kassettenrecorder auf den Markt. Ich sehe dieses Gerät von Philips heute noch vor mir. Meine Großeltern, seine Eltern, planten den Umzug zum ältesten Sohn nach Bad Salzuflen, um dort ihren Lebensabend zu verbringen. Er verbrachte einen der letzten Abende vor dem Umzug bei seinen Eltern und ließ sich von ihnen ihre Lebensgeschichte erzählen; aufgenommen mit diesem Gerät. Die Kassette verwahre ich bis heute – ein Relikt der sechziger Jahre und wertvoller „Link“ in unsere gemeinsame Familiengeschichte.

1974 zog mein Vater mit 50 Jahren einen Schlussstrich, nahm die Stelle eines Hausverwalters und -meisters für ein großes Apartmenthaus in Braunschweig an und wurde innerhalb weniger Jahre wohl zu einem der präsentesten Ehemänner und Väter seiner Zeit. Noch intensiver nach seinem Renteneintritt 1989 und bis zu seinem Lebensende bzw. bis die Demenz aus ihm, einem liebevollen Menschen, schleichend einen Pflegefall machte, so dass er die letzten zwei Jahre seines Lebens in einer beschützenden Einrichtung verbringen musste. Er starb im Alter von 89 Jahren.

Heute begreife ich mich immer mehr als Teil eines umfassenden Lebensweges, der weit über meinen eigenen zurückreicht. Ich brauchte viele Jahre Distanz, habe sie aber auch bewusst oder unbewusst über Gebühr aufrechterhalten. Aber heute verstehe ich Lebensabschnitte, Wege und Ereignisse gut. In ihnen sind wichtige Botschaften für mich enthalten. Und vielleicht auch für meine Söhne, Martin und Nils. Und diese Geschichte lebt in mir mit Herz und Verstand. Die Reihenfolge: Der Verstand dient dem Herzen ist für mich sehr wichtig geworden.

Als Kleinkind den Krebs überstanden zu haben, trotz schlechtester ärztlicher Prognose, war für uns alle ein riesiges Glück und

Geschenk. Und offensichtlich steckte in mir schon damals dieser Lebenswille, der mich bis heute durch mein Leben trägt. Glück und Geschenk. Aber wohl auch die Herausforderung, mit diesem Start ein Leben gut zu gestalten und schwierige Situationen zu meistern – oder zu scheitern. Wenn ich auf die 66 Jahre meines Lebens zurückblicke: Immer wieder Grenzen spüren und testend. Vielleicht hatte meine Seele die Lebensgrenze damals bereits überschritten, damit eine immerwährende Distanz zum Diesseits festgeschrieben und ein Leben quasi im Warteraum, im Übergang eingeleitet; mit allen Risiken und Chancen, wenn man sich in ihnen bewusst bewegt.

Ich blieb der ältere Bruder meiner schwerstbehinderten Schwester Jutta, Sohn eines wenig präsenten Vaters, der seinen Beruf über 25 Jahre lang – für seine Familie – über jegliche Grenzen hinaus ausübte, die er erst über einen Herzinfarkt schmerzlich erfahren musste, und Sohn einer immer präsenten Mutter, die ihre Familie nicht erst ab Mitte der fünfziger Jahre als ihren Lebensauftrag und -inhalt begriffen hatte.

Die familiären Umstände gewährten mir viel Freiraum, und ich lernte früh, ihn zu nutzen, die Kreise weiter zu ziehen – auch auszunutzen. Wir wohnten in der Braunschweiger Gartenstadt, einer in den dreißiger Jahren entstandenen Siedlung für „NS-Parteigänger", die nach dem Krieg und insbesondere durch den Zuzug von Flüchtlingen aus den ehemaligen Ostgebieten deutlich anwuchs und in der meine Eltern 1956 ein Reihenhaus erwerben konnten. Die Schule gegenüber dem Elternhaus, die Stadtrandlage, der Freundeskreis in der Nachbarschaft und insbesondere meine Mutter mit der Betreuung und Pflege meiner Schwester gut beschäftigt.

In der vierten Klasse kam kurzzeitig die Frage auf, ob ich nicht zur Realschule gehen sollte, es war die Empfehlung meiner Lehrerin, Fräulein Jemlich; auf diese Anrede legte sie absoluten Wert.

Doch sah mein Vater, wohl auch meine Mutter, mich auf der gegenüberliegenden Volksschule gut aufgehoben. Der Kommentar meines Vaters schwingt mir heute noch in den Ohren: „Bleib' auf der Schule, erlernst einen guten Beruf und hast später dein Auskommen."

Es war mir sehr recht. Die Verlängerung der Mindestschulzeit in Niedersachsen ab Mitte der sechziger Jahre von acht auf neun Jahre sahen wir im Freundeskreis skeptisch. Mein Schwerpunkt lag damals in „ballistischen Kurven" – die Flugbahn des Tornisters nach Unterrichtsende. Ausstehende Hausaufgaben ließen sich ja am nächsten Morgen vor dem Unterricht erledigen. Und wenn es drohte, anzubrennen, war da ja noch der ältere Junge von gegenüber: Er besuchte das Gymnasium und half mir mit einigen Nachhilfestunden auf die Sprünge bzw. ins nächste Schuljahr.

Augenscheinlich aus der Sicht eines Jungen eine ideale Kindheit und Jugend. Aber rückblickend war es mein früh selbst gestalteter Lebensentwurf, um das zu finden, was ich im Zuhause von Freunden erlebte oder vermutete. Trotz oder aufgrund der Schwerbehinderung meiner Schwester war ich faktisch Einzelkind. Meine Freunde beneidete ich um ihre Schwestern und Brüder. Und so habe ich auch früh gelernt, Verständnis für meine Familiensituation, für dieses und jenes zu haben, vielleicht zu früh gelernt oder zu spät, deren Zwiespältigkeit verstanden. Und trotzdem bin ich darüber aber auch zielsicher in meine überlieferte Familiengeschichte hineingewachsen. Grenzen suchen und überschreiten ist, wie bereits gesagt, mein Lebensthema.

Vielleicht war da eine erste Ahnung für Veränderung in meinem 14. Lebensjahr spürbar. Mit Beginn des Konfirmationsunterrichtes 1967 in der Ev. Auferstehungsgemeinde erschloss sich mir ein neuer Raum. Vielleicht war es die Hoffnung, dass ich nun, nach der Schlichtheit und Naivität des erlebten Religionsunterrichtes in der Schule, dem Thema näherkommen könnte. Aber dieser Keim einer Hoffnung wurde bitter enttäuscht. Die Kirche und die Gemeinde wurden erst 1965 gebaut bzw. gegründet und mit Pastor B. einem Mann übertragen, der berufserfahren und im fortgeschrittenen Alter, es war seine letzte Pfarrstelle, diese neue Gemeinde aufbauen sollte. Seine Haltung und seine erzieherischen Mittel uns Jugendlichen gegenüber waren von Gewalttätigkeit geprägt. Wenn es im Unterricht zu laut war, flog auch schon mal die Bibel als Wurfgeschoß quer durch den Raum und dem vermeintlichen Störer an den Kopf. Von Prügelattacken im Tischtennisraum als Reaktion auf Regelverstöße ganz zu schweigen. Jahre später lernte ich den dazugehörigen Begriff: Schwarze Pädagogik. Welch ein Paradox: Die neu gegründete Gemeinde trug den Namen „Auferstehungsgemeinde". Im Vorfeld der Konfirmation war die „Ich bin die Tür ..." (Joh 10,9) sicher ein Spalt auf. Nach der Konfirmation habe ich sie von außen zugeschlagen und über viele Jahre keine Kirche mehr betreten. Es folgten Jahre der bewussten, ausgeprägten Distanz und offener Ablehnung.

Und trotzdem gab es für mich in den kommenden Jahren immer Situationen und Bibelstellen, über die ich gestolpert bin, die mich selbst heute noch herausfordern und deren Tragweite ich mir richtig erarbeiten muss. Man kann sie nicht einfach lesen, sie bedürfen Geduld, Aufmerksamkeit, Vertiefung und Reflexion; und Erfahrung mit der gelebten Seite. Die Bergpredigt formulierte für mich lange Zeit eine unerreichbar hohe Messlatte; zum Scheitern verdammt. Der Samariter in der Überlieferung von Lukas 10,25ff. gehört für mich zu den herausforderndsten Stellen überhaupt, und ich nehme sie immer wieder zur Hand:

„Sieh doch: Da kam ein Schriftgelehrter und wollte Jesus auf die Probe stellen. Er fragte ihn: Lehrer, was soll ich tun, damit ich das ewige Leben bekomme? Jesus fragte zurück: Was steht im Gesetz? Was liest du da? Der Schriftgelehrte antwortete: Du sollst den Herrn, deinen Gott, lieben mit deinem ganzen Herzen, mit deiner ganzen Seele, mit deiner ganzen Kraft und mit deinem ganzen Willen. Und: Liebe deinen Mitmenschen wie dich selbst. Jesus sagte zu ihm: Du hast richtig geantwortet. Halte dich daran und du wirst leben. Aber der Schriftgelehrte wollte seine Frage rechtfertigen. Deshalb sagte er zu Jesus: Wer ist denn mein Mitmensch? Jesus erwiderte: Ein Mann ging von Jerusalem nach Jericho hinab. Unterwegs wurde er von Räubern überfallen. Die nahmen ihm alles weg, auch seine Kleider, und schlugen ihn zusammen. Dann machten sie sich davon und ließen ihn halb tot liegen.

Nun kam zufällig ein Priester denselben Weg herab. Er sah den Verwundeten und ging vorbei. Genauso machte es ein Levit, als er zu der Stelle kam: Er sah den Verwundeten und ging vorbei. Aber dann kam ein Reisender aus Samarien dorthin. Als er den Verwundeten sah, hatte er Mitleid mit ihm. Er ging zu ihm hin, behandelte seine Wunden mit Öl und Wein und verband sie. Dann setzte er ihn auf sein eigenes Reittier, brachte ihn in ein Gasthaus und pflegte ihn. Am nächsten Tag holte er zwei Silberstücke hervor, gab sie dem Wirt und sagte: Pflege den Verwundeten! Wenn es mehr kostet, werde ich es dir geben, wenn ich wiederkomme.

Was meinst du: Wer von den dreien ist dem Mann, der von den Räubern überfallen wurde, als Mitmensch begegnet? Der Schriftgelehrte antwortete: Der Mitleid hatte und sich um ihn gekümmert hat. Da sagte Jesus zu ihm: Dann geh und mach es ebenso."

Paul Imhof, Exerzitienmeister und geschätzter geistlicher Begleiter der letzten Jahre hat die Bedeutung dieser Verse für mich wohl früh erkannt und mich 2020 mit Lk 10, 34: „... und er goss Wein und Öl in seine Wunden" als Spiritual ausgesandt.

Ich habe mich oft gefragt, oder besser gesagt: festgestellt, dass ich in einem Elternhaus aufgewachsen bin, wo Glauben scheinbar keine Rolle spielte, wenn ich von Taufe, Konfirmation, Weihnachtsgottesdiensten absehe. Die abendliche Anregung meiner Mutter, „zu beten", war nicht sehr überzeugend und wirksam. Es fand sicher kein ausgeprägtes christliches Familienleben statt. Oder habe ich das damals nur nicht als solches erkannt? Hat es stattgefunden, aber eben auf einer vollkommen anderen Art. In einer Art und Weise, wie es die mütterliche und väterliche Familiengeschichte und unsere Familienkonstellation der fünfziger und sechziger Jahre vorgab und zuließ? Konnte denn unser Familienleben überhaupt christlicher sein, als über das gelebte Leben meiner Eltern – aus der Quelle ihrer eigenen Familiengeschichte gespeist? Im Licht der Verse von Lukas ist es mir gelungen, meine Eltern, die Lebenswege meiner Mutter und meines Vaters, die vielen Passagen meiner eigenen Kindheit und Jugend im Elternhaus zu verstehen. Heute empfinde ich ein tiefes Gefühl von Dankbarkeit. Und ich sehe meinen eigenen Lebensweg mit anderen Augen; Facetten, die mir damals verschlossen blieben.

Die damalige Ahnung meines Vaters ging 1970 in Erfüllung. Ich verließ die Schule mit dem Hauptschulabschluss, begann im Frühjahr meine Elektrikerlehre in einem Handwerksbetrieb in Braunschweig. Die Arbeit war interessant, abwechslungsreich und machte sogar Spaß. Die Anforderungen in der Berufsschule waren zu verkraften.

Etwas anderes machte mich in diesen Jahren nachdenklich: Mit Beruf und Erwachsenwerden verband ich immer die Hoffnung auf einen Zuwachs an Freiheit. Ein deutliches Mehr, das mir dieses Berufsfeld, die Aufgaben und Tätigkeiten und der Handwerksbetrieb nicht bieten konnten, und selbst die freundlichen Kollegen, die mir ja schon viele Jahre voraus waren, konnten mir das nicht aufzeigen. Ende des zweiten Lehrjahres meldete ich mich zur Abendschule an, um den Realschulabschluss nachzuholen. Die Zeiten, montags, dienstags, donnerstags und freitags von 18 bis 21 Uhr waren nach einem auch körperlich anstrengenden Arbeitstag eine große Herausforderung. Aber frei gewählt!

Es gab guten Ausgleich im Freundeskreis an den Wochenenden. Mit Beginn der Ausbildung hatten meine Eltern ihren Widerstand gegen eine Mitgliedschaft im örtlichen Schützenverein aufgegeben, und der Schießsport wurde für einige Jahren recht erfolgreich mein gutes Hobby. Training und Wettkämpfe waren soziale Ereignisse im ansonsten eher tristen Vorstadtleben und Ausgleich für Arbeit und Abendschule.

Ab Ende der sechziger Jahre ermöglichten mir meine Eltern regelmäßig die Teilnahme an Jugendfreizeiten. Die erste dreiwöchige Fahrt ging nach Arsbeck ins Wegberger Land, westlich von Mönchengladbach, nah der holländischen Grenze. Das Dorf war wohl mit dem Einfall von rund 100 Braunschweiger und Berliner Kindern und Jugendlichen irgendwie überfordert, zudem einige aus der Gruppe die Selbstbedienung in dem kleinen Arsbecker Dorfladen deutlich missverstanden und der folgende Ärger die Stimmung bei den Betreuern ziemlich trübte. Mir konnte das den Spaß und Freude in diesen Wochen nicht verderben, zumal sich in mir mit meinen 14 Jahren erstmals Gefühle für ein Mädchen regten – leider in der Berliner Gruppe, und eine Brieffreundschaft ließ sich auch nicht anschließen.

Die Ironie des Schicksals und der Lebenswege im guten Sinne, führte mich viele Jahre später hierhin zurück, als ich 2009 meine heutige Ehefrau Ulrike kennenlernte und ein Jahr später zu ihr zog.

Die Jugendfreizeiten weckten in mir Gefühl und Neugier nach mehr – andere Länder und Menschen kennenzulernen: Österreich, Finnland (Skandinavien sollte ich später viele Jahren bereisen und bewandern) und die damalige Sowjetunion. Auch die drei Wochen im ehemaligen Jugoslawien waren wunderbar, hätten jedoch aufgrund meines Übermutes fast ein jähes Ende gefunden: Ein Sprung aus hoher Höhe von einem der faszinierenden Krker Wasserfälle, damals noch ein wahres Badeparadies, heute unter Naturschutz, ließ mich nicht mehr an die Wasseroberfläche kommen; der Wasserdruck war zu groß. Mit der Abdrift und dem letzten Atemrest tauchte ich einige Meter vom Wasserfall entfernt wieder auf und erfreute mich an dem Kommentar anderer Jungs: „Wir haben schon gedacht, du tauchst gar nicht mehr auf."

Das Frühjahr 1973 war geprägt durch eine weitere Grenzerfahrung: Die Fahrlässigkeit eines anderen Auszubildenden kostete fast mein Leben. Er hatte seine Aufgabe auf der Baustelle ausgeführt, verspürte verständlicherweise das Bedürfnis eines Funktionstestes, versäumte aber, mich darüber in Kenntnis setzen und schaltete den Strom an. Es waren für mich, Jugoslawien war erst ein Jahr her, wahrscheinlich die längsten Sekunden meines Lebens, bevor ein anderer Kollege geistesgegenwärtig den Strom wieder abschaltete und den Krankenwagen rief. Die Erkenntnis, dass das Leben jetzt hätte vorbei sein können, brannte sich in den Sekunden vor der erlösenden Abschaltung tief in mein Gedächtnis und meine Seele ein.

Und die mir später referierte Statistik, wieviel Unfälle dieser Art ein Elektriker im Verlauf seines Berufslebens wahrscheinlich haben wird, ließ mich erneut eine Entscheidung treffen: Abendschule, Arbeit und Vorbereitung auf die Gesellenprüfung zusammen wird nicht klappen. Also konzentrierte ich mich auf den Berufsabschluss und fasste den Entschluss, ab dem nächsten Frühjahr die Berufsaufbauschule in Vollzeitform zu besuchen. Ich bekam einen Platz zum Schuljahresbeginn 1974/1975, kündigte meine Stelle und war wieder Schüler. Und frei!

Es waren herausfordernde Jahre und Ereignisse, die ich weitgehend mit mir selber klären sollte und die ganz tief in mir von der Überzeugung getrieben waren: Setze dir deine Ziele selbst, gehe deinen eigenen Weg, wenn es notwendig ist, bis an oder über die irgendwie gesetzten Grenzen hinaus.

Aber da war in dieser Zeit auch immer dieses Gefühl etwas klären zu müssen. Die neu gewonnene Freiheit ließ den Blick frei werden: Die durch Pflege und Betreuung meiner Schwester geprägte Kindheit und Jugend im Elternhaus und das ständig-am-Limit-Leben meiner Eltern bedurfte eines neuen Blicks. Die sechsmonatige Wartezeit zwischen der Berufsaufbauschule und der Fachoberschule wollte ich für mich nutzen. Und die Ev. Anstalten Neuerkerode (heute: „Stiftung") in der Nähe von Braunschweig suchten Praktikanten für den neuen Ausbildungsgang des Heilerziehungspflegers. Die Einrichtung war Mitte der siebziger Jahre im Aufbruch, qualifiziertes Fachpersonal, Pädagogen und Psychologen, wurde eingestellt und sollte ausgebildet werden.

Vielleicht war es kein Zufall, dass mein Arbeitsplatz in einer Wohngruppe für schwerbehinderte und hochgradig pflegebedürftige erwachsene Männer sein sollte. Berührungsängste kannte ich nicht und war gespannt darauf, ob und wie professionelles Handeln eine Alternative zu meinen Erfahrungen in meiner Familie sein konnte. Und das tat es. Einige Anregungen konnte ich auch an meine Eltern herantragen, andere nicht, letztendlich mit geringer Wirkung, da ich zu diesem Zeitpunkt schon nicht mehr zuhause wohnte.

Aber bei mir setzte ein Umdenken ein. Hatte ich meinen Beruf noch mit der Intention „Studium E-Technik“ an den Nagel gehängt, zeigten mir dieses Praktikum und in den nächsten Jahren die immer wiederkehrenden Ferienjobs in der Einrichtung neue berufliche Perspektiven auf. Und persönlich waren es wohl wichtige Stationen des Erwachsenwerdens mit erster Aufarbeitung eigener familiärer Erfahrungen.

Wenn ich heute diese Erfahrungen und meinen über viele Jahre eher so dahingelebten Lebens- und Glaubensweg einfach annehme, das ewige Hadern und Suchen akzeptiere, aber auch die ganze verkündete und zweifelhafte Moraltheologie von Sünde, Prinzipien und vermeintlichen Verhaltensidealen beiseiteschiebe, mein menschliches Dasein im Verhältnis zu Gott wirklich reflektiere – dann ist das, was ich in meiner Familie erfahren habe, tiefe Barmherzigkeit, die damals nicht vieler Worte bedurfte.

Vielleicht hat jeder Mensch die Gabe, jedem ist die Gnade zuteil geworden, einem jedweden Anderen menschlich zu begegnen, barmherzig zu handeln. Das ist für mich eine wichtige Essenz aus Lukas 10,25ff., denn dann finden wir in unserem Leben, über unser Handeln – ohne viele Worte – Trost und Hoffnung. Und meine Mutter lehrt mich bis heute immer wieder: darüber Lebenskraft zu gewinnen! Mich als „ich bin der jeweils Nächste“ zu begreifen und Verantwortung zu übernehmen, wird damit der direkte Weg, die viel beklagte Trennung von Gott zu überwinden. Und die Treue zum (neuen) Bund benötigt dann auch keine guten Taten, quasi als Beweis, sondern wird schlicht durch barmherziges Handeln täglich erneuert.

Mit den Worten des Verfassers des ersten Johannesbriefes (1 Joh 4,16): Gott ist Liebe, die mir, wenn ich mich im Wesen als Liebenden begreife, dann auch die, die mir in der Hilfsbedürftigkeit eines anderen Menschen entgegenkommt. Und schon bin ich

Metern und vier Etagen ließ sich die Fuhre direkt neben dem gut stapeln.

gewachsen war ich in Braunschweig, im sogenannten Zo-
dgebiet zum anderen deutschen Staat, aber bis Anfang der
ger Jahre ohne jeglichen Einblick in das, was bei uns damals
wjetisch Besetzte Zone oder schlicht Ostzone schon keinen
Ruf hatte. Andererseits boten zwei zusätzliche DDR-Fern-
äle neben ARD und ZDF auch Abwechslung. Ich gestehe:
gliche Ost-Sandmännchen und die eine oder andere Kin-
dung wie Meister Nadelöhr im DDR-Fernsehen bereicher-
ine Kindheit.

festzustellen ist auch: Der Informationswert des „Schwar-
als" und der „Aktuellen Kamera" auf der DDR-Seite stellte
nauso bescheiden dar wie auf der anderen Seite Gerhard
hals Magazin im ZDF. So entwickelte ich wahrscheinlich
ehr früh meine ausgeprägte Aversion gegen einseitige Be-
tattung und Propaganda.

lt etwas zu klären. Und der rechtliche Sonderstatus Berlins
die Möglichkeit, hinter den „Eisernen Vorhang" zu schau-
Westberliner Personalausweis ermöglichte ziemlich un-
isch Kurzbesuche und Ausflüge in das bis dahin un-
Nachbarland. In den Berliner Stadtbezirken waren An-
siebziger Jahre die sogenannten Besucherbüros zur Visa-
ung entstanden: im Eingangsbereich besetzt durch West-
Beamte, im nächsten Raum die Tische besetzt durch Ost-
Grenzbeamte. Linientreu waren sie auf beiden Seiten. Das
ende Formular musste von den Westberlinern geprüft
stempelt werden. Und nach ihrer Auffassung hatte man
en: „Ostberlin", während die DDR-Beamten erwarteten:
dt der Deutschen Demokratischen Republik". Man
h also entscheiden, auf welcher Seite man sich das Pa-

gedanklich wieder bei der Bergpredigt, deren Prämissen mir früher so unerreichbar erschienen. Aber die neu gesteckten Ziele wollten Mitte bis Ende der siebziger Jahre erstmal erarbeitet werden. Und da waren eben auch gewollt oder ungewollt Brüche eingeplant, um die eigenen Startbedingungen und den Weg zu klären.

Schon die damals langersehnte Schulentlassung und die anschließende Ausbildung zum Elektriker erschlossen neue Freiräume, die ich aus vollen Zügen genoss; wahrscheinlich nicht nur zur Freude meiner Eltern. Aber notwendig.

Mein Vater ging Mitte der siebziger Jahre in seinen wohlverdienten Ruhestand, was für meine Mutter und das Familienleben erstmal eine sehr große Erleichterung mit sich brachte. Erst später konnte ich diese Entwicklung reflektieren und verstehen, dass ab diesem Zeitpunkt das Familiensystem immer enger und starrer wurde. Es war dann über Jahre hinweg fast ausschließlich auf die jeweils aktuelle Alltagsbewältigung ausgerichtet. Jegliche Bedürfnisse und ihre Befriedigung wurden daran gemessen. Verzicht stand im Vordergrund, obwohl sich meine Eltern, materiell gut ausgestattet und abgesichert, fast jede Unterstützung hätten hinzuholen können.

Aber ihr Lebenskonzept, gespeist aus ihren eigenen Erfahrungen, war ein anderes. Um zu diesem Verständnis zu gelangen, bedurfte es noch vieler Jahre, bis ich – wie heute – meinen Eltern für diesen Weg hohe Achtung zollen konnte und kann. Sie haben meine Schwester 55 Jahre in häuslicher Umgebung liebevoll betreut und gepflegt und erst in den letzten Jahren die Unterstützung eines Pflegedienstes in Anspruch genommen. Damals jedoch musste ich der zunehmenden Enge auch räumlich entfliehen.

Mit 19 Jahren schloss ich die Ausbildung ab, kündigte ein halbes Jahr später meine Stelle und ging wieder zur Schule. In mir war gerade durch meinen familiären Lebensweg, aber auch über die

Erfahrungen in Schule, Ausbildung und Beruf, die feste Grundüberzeugung gewachsen, dass ich nur durch weitere Bildungsabschlüsse meinen Aus- und Aufbruch im Inneren wie im Außen bewältigen und aus meinem Freiheitsdrang ein selbst gestaltetes Leben werden lassen kann. Man bedauert rückblickend natürlich die diversen, mitverantworteten konfliktträchtigen Anlässe, aber sie waren erforderlich.

Mit dem Abschluss der Berufsaufbauschule, 10. Klasse, und der abgeschlossenen Berufsausbildung hätte ich 1975 nach dem Praktikum in der Stiftung Neuerkerode direkt in die 12. Klasse der Fachoberschule in Brauschweig springen können. Aber auch Braunschweig galt es zu entfliehen.

Es musste Berlin sein, das mir in der damaligen politischen Konfrontationslinie BRD / DDR im Westen dieser Stadt offensichtlich die angemessene Plattform für meinen Aufbruch bot. Die Tatsache, dass ich hier nur über die 11.Klasse der Fachoberschule meinen weiteren Bildungsweg fortsetzen konnte, schreckte mich nicht. Aber in diesen Tagen der Entscheidung klopfte es offensichtlich an der inneren Kirchentür, die ich Jahre zuvor nach den bitteren Erfahrungen in meiner Heimatgemeinde zugeschlagen hatte. Ich hätte einen Platz an der staatlichen Fachoberschule bekommen können, entschied mich aber für die Ev. Fachoberschule im Johannisstift in Berlin-Spandau. Religion war dort Pflichtfach, dem ich mich mit meinem inzwischen 21 Jahren gewachsen fühlte. Das Gefühl sollte mich nicht trügen. Ein aufgeschlossener Diakon aus Hamburg, den es der Ehe wegen nach Berlin verschlagen hatte, stellte sich zwei Jahre unseren auch kritischen Fragen und half mir zu einer neuen Sicht.

Und das Hauptziel war 1977 erreicht: Ich nahm mein Studium der Sozialarbeit an der staatlichen Fachhochschule Berlin auf. Doch was ich antraf, war ein inhaltlich und zeitlich fest struktu-

riertes Studium, was meinem Freiheits- und
annähernd gerecht werden konnte. Dafür ha
nicht aufgegeben und mich auf das mater
Schüler- und jetzt Studentendasein eingelas
Doch in diesen drei Jahren Berlin galt e
andere Herausforderungen zu finden. Noch
Jahrestagen der „68er-Bewegung" gedach
endlos verdammt oder irgendwo diffus
Doch eine ganze Generation und so auch
Jahre noch zu jung, zu verstehen, warum i
der Anti-Schah-Demonstration von einem
gezielt erschossen wurde, war/en zu jung,
zugestalten. Die NPD war wieder in Parl
ich musste Antworten finden auf die fatal
dieser Jahre, in denen die Rote-Armee-Fr
deren Gewaltverbrechen das Land überzo
und keinerlei „klammheimliche Freude"
das damalige „Göttinger Pamphlet" zum
Aber auch Verunsicherung gegenüber
als Reaktion auf diese Ereignisse und e
spruch zum gesellschaftlichen Aufbruc
zu Tage.

Meine Berliner Wohnung lag im We
überwindbaren Sperranlagen, war mit
bescheiden zugleich: vierte Etage, 1-Z
ohne Bad, aber mit einer Toilette auf
und Licht, natürlich ohne Aufzug. Ko
kante geliefert. Alternativ, und das s
ferung, ging ich dazu über, den Koh
aufzusuchen, mir die Kiepe mit 2
schnallen zu lassen (Holzkiste mit R

laver anhören wollte, wobei man bei nicht korrekter Begriffswahl auf der westlichen Seite mit „Geh' doch rüber!" eher beschimpft und auf östlicher Seite umfangreichen Belehrungen unterzogen wurde. Es war armselig!

Aber es gab auch sehr konstruktive Ansätze. Kontakte zwischen Parteien, Hochschulen und Gewerkschaften beider Seiten entstanden, und mehrtägige Informationsfahrten und Veranstaltungen wurden angeboten und ermöglichten Einblicke in den DDR-Alltag in Betrieben, LPGs und deren Kollektiven. Und abseits bzw. nach den offiziellen Terminen öffnete sich immer auch die Tür für den Blick hinter die Kulissen und für ehrliche Gespräche über das zu bewältigende Leben, die tatsächlichen Herausforderungen und Probleme im Arbeiter- und Bauernstaat. Nach jedem Besuch durfte man jenseits ideologischer Linien und neben vielen offiziellen Eindrücken auch eine gehörige Portion Respekt für die Menschen dort mit nach Hause nehmen. Und mit einer gewissen gesellschaftspolitischen Kluft zwischen Anspruch und Wirklichkeit kann und muss man wahrscheinlich in jedem Staat immer leben. Aber als Hoffnungsträger oder Alternative taugte das dortige Modell und die Praxis nicht; der Keim des Umbruchs war bereits spürbar.

Die Zeit in Berlin neigte sich ihrem Ende, als ich auf die Wuppertaler Gesamthochschule, heute Bergische Universität, aufmerksam wurde. Ihr damaliger Reformansatz im Diplomstudiengang „Sozialwissenschaft", jeweils hälftig Abiturienten und Bewerber aufzunehmen, die die Fachhochschulreife und eine abgeschlossene Berufsausbildung mitbrachten, öffnete mir endlich die Tür zu einer neuen Welt, von der ich träumte: freie Betätigung. Die seitens der Hochschule gestellte Anforderung an uns „Nicht-Abiturienten", im Verlauf des Grundstudiums in den Fächern Deutsch, Englisch und Mathematik das Abitur quasi nachzuholen, war nur eine weitere Herausforderung, die es halt zu meistern galt.

Das Wesentliche war für mich, und das sollte die gesamte Studienzeit prägen, dass ich auf Hochschullehrer traf, die ganz ausgeprägt die Übernahme von Eigenverantwortung erwarteten. Sicher, die Leistungen mussten erbracht werden, schließlich gab es auch hier eine Studien- und Prüfungsordnung. Aber eigene Gedanken und Fragestellungen, neue methodische Ansätze und persönliches Engagement sollten immer mehr in den Vordergrund rücken dürfen. Und als sich ab 1981 im Übergang zum Hauptstudium die Möglichkeit erschloss, Studienleistungen im Ausland zu erbringen, zögerte ich nicht lange, ließ sich doch meine bereits im Jugendalter angelegte Neigung zu reisen und andere Länder kennenzulernen nun ideal mit dem Studium verbinden. Wuppertal blieb acht Jahre Heimat und Sprungbrett nun auch geografisch und kulturell in eine neue Welt.

Die beste Voraussetzung dafür waren die guten Kontakte meiner damaligen Partnerin Claudia nach Ghana, die aus einer Brieffreundschaft entstanden waren und Reisen nach Westafrika ermöglichten. Wir nutzten beide die einmalige Chance, wesentliche Studienleistungen dort zu erbringen, sie im Fach Biologie und ich mit meinen sozialwissenschaftlichen Interessen und Fragestellungen. Diesen Weg zu gehen, war ein Traum und zudem ein guter und klassischer Wissenschaftsbegriff – raus aus dem Hörsaal und den vorgegebenen Rastern, Lebens- und Lernformen. Wissenschaftlicher Erkenntnisgewinn und ganz neue Lebenserfahrungen waren garantiert.

Die Reisen in verschiedene afrikanische Länder weckten so auch neue Interessen. Gibt es Zufälle? Wenige Wochen nach der Rückkehr aus Westafrika und einem Abstecher zu den Dogon im Norden von Mali, fielen mir die psychoanalytischen Untersuchungen bei den Dogon von Paul Parin und Fritz Morgenthaler in die Hände, später ihre Arbeiten bei den Agni im Südwesten Ghanas.

Ihre – für diese Völker und uns – provokanten Thesen und Einsichten: „Die Weißen denken zu viel“ und „Fürchte deinen Nächsten wie dich selbst“. Persönlich berührt sowieso und fachlich einem interdisziplinären Ansatz folgend, sollten sich meine Studienschwerpunkte herauskristallisieren.

Der erste sechsmonatige Studienaufenthalt 1981 in Ghana ermöglichte den Brückenschlag zur Ethnologie und die 1983/1984 folgenden zehn Monate, wiederum in Ghana, die Vertiefung in die traditionelle Medizin. Und dank eines Stipendiums und in dessen Rahmen die Zusammenarbeit mit Assia B.-L., einer Kommilitonin der Fachrichtung Medizin, 1983 in den ersten drei Monaten des Aufenthaltes, ließ sich ein guter interdisziplinärer Ansatz entwickeln und realisieren.

Die freundschaftlichen und familiär geprägten Beziehungen ermöglichten uns, das Leben in der Gastfamilie kennenzulernen und immer wieder tief in ihre Kultur einzutauchen. Ich hatte als Gast noch nie so viel Offenheit und Herzlichkeit erlebt. Musste ich meinen angestammten Lebensraum, meine Heimat, meine Kultur und meine Sicherheiten erst hinter mir lassen, um so tiefe Gastfreundschaft empfangen zu dürfen?

Die Unterschiede zu Deutschland waren in jeder Hinsicht auch eine persönliche Herausforderung. Es galt, sich auf vorgefundene Lebensverhältnisse und die dort geltenden und notwendigen Strategien der Alltagsbewältigung einzustellen, sie nicht nur hinzunehmen, sondern mit ihnen gut zu leben. Das Leben im Heimatdorf der Gastfamilie im Kwahu, einer Bergregion der Landesmitte, ihre Herzlichkeit, ließ den Verzicht auf jeglichen europäischen Lebensstandard unwichtig werden, was auch für die regelmäßigen Besuche bei Familienangehörigen in Accra galt, die schon viele Jahre vorher auf der Suche nach Arbeit und Zukunft abgewandert waren. Hier aber, im Zongo, einem innerstädtischen

Slum der Hauptstadt war es ein Leben mit der Familie auf engstem Raum: kein unmittelbarer Zugang zu Trinkwasser und sanitären Anlagen, aber offene Latrinen. Das Leben drehte sich fast immer um das Existenzielle, und trotzdem blieben Menschlichkeit, Lachen und Weinen und ein herzliches Miteinander erhalten: Lebendigkeit – trotz der oft vorherrschen materiellen Not.

Dabei hätten die Startbedingungen für den zweiten Studienaufenthalt 1983 nicht problematischer sein können. Nigeria hatte kurz zuvor zwei Millionen ghanaische Arbeitsmigranten mit drastischen Maßnahmen des Landes verwiesen, die Versorgungslage war katastrophal und das Militär unter Staatschef J. J. Rawlings, auch J. J. (Junior Jesus) genannt, hatte mit seinem zweiten Staatsstreich wieder die Macht übernommen, das Land war mit Militärposten überzogen, es herrschte nächtliche Ausgangssperre, und die lokalen PDC's (People Devence Commitee) drangsalierten mit revolutionärem Anspruch die Bevölkerung. Nächtliche Flugbewegungen über der Hauptstadt nährten regelmäßig die Vermutung, dass J. J. wieder einmal aus Angst vor Anschlägen im Flugzeug schlafen würde. Die Versorgungslage war wirklich prekär, Grundnahrungsmittel und Benzin waren nur über tagelanges, endloses Warten zu erhalten. Der „public transport" kam zum Erliegen, so dass J. J. die Parole ausgab: „Countryman, before you enter any public transport you walk at least 10 miles a day!" Der Schwarzmarkt blühte.

Ich erinnere mich noch sehr genau an eine Situation, in der ich der Bitte einer guten Bekannten nachkam, für ihr Auto, eine Nobelkarrosse der Marke Lexus, Benzin zu besorgen. Man fährt zu einer genannten Adresse, hupt vor dem verschlossenen Tor, es öffnet sich, man fährt ein, das Tor schließt. Nach kurzer Verhandlung händigt man Geld und Autoschlüssel aus. Der Fahrer fährt weg und kommt nach gut einer Stunde mit dem vollgetankten Wagen zurück; Schlüsselübergabe, Tor auf, Tor zu, fertig. Mental bewegt man sich zwischen Nervenkitzel und grenzenlosem Vertrauen.

Wir hatten gute Kontakte zur University of Ghana, Legon, aufgebaut, uns dort als „occasionall students" immatrikuliert und sollten darüber nun unsere Residence Permit erhalten. Die gleichzeitig stattfindenden Studentendemonstrationen führten aber letztendlich zur Schließung der Hochschule, und zwei deutsche Studenten bekamen von der Ausländerbehörde, ein PDC hatte auch hier Fuß gefasst, die Aufforderung „... to leave the country in your own interesst within three days". Aber frühere Aufenthalte hatten mich ja das Grundprinzip für existenziell schlechte Zeiten und im Umgang mit korrupten Behörden gelehrt: „Kalabule" – für Geld geht alles, die PDC's sorgten eigentlich nur für einen Preisanstieg; business as usual. Für die Menschen dort seit vielen Jahren pure Überlebensstrategie in allen Lebensbereichen und für uns die Aufenthaltsgarantie für das geplante Projekt.

Für mich waren die Zeiten in Ghana nicht nur für mein Studium wichtig. Es war ein ungemeiner persönlicher Gewinn. Jahre später konnten wir ein wenig zurückgeben, indem wir zwei unserer ghanaischen Brüder den Sprung nach London ermöglichten. Bis heute empfinde ich eine tiefe Dankbarkeit: Kwame Davis, nach 13 Jahren in seine Heimat zurückgekehrt, schaffte für sich und seine Familie mit diesem Kraftakt den Weg raus aus dem Slumviertel. Auch Kwaku Gabriel schaffte es für seine junge Familie, aber er verstarb 2011 in England.

Es erschloss sich in dieser Zeit ein unvorstellbar großer Raum: Begegnung mit wundervollen Menschen, Einblick in ihr Leben, ihre Kultur, ihren Glauben, genauso wie in die Zwänge, Risiken und Unsicherheiten des Alltags sowie in ihre Träume und Hoffnungen. Fast alle Menschen öffneten sich für unsere, später meine Fragen und Anliegen. Die unzähligen Gespräche und die vielen narrativen Interviews mit Ältesten in den Dörfern, der Blick der Menschen auf und ihre Erfahrungen mit Gesundheit und Krankheit, Spiritualität und Heilung waren ein unermesslicher Gewinn und ließen tiefe Beziehungen wachsen.

Unvergesslich ist mir eine Situation bis heute: Opanin Amankwa-Addo, damals 78 Jahre alt, holte nach dem Interview eine Ziehharmonika hervor, sang und spielte den Psalm 23 einleitend mit den Worten: „Es ist mir eine Herzensangelegenheit".

Der Blick zurück (im Gespräch) hatte ihn auch traurig gemacht, der Psalm spendete ihm Trost.

Damals wohl auch für mich ein Zeichen; ein Samenkorn. Mk 4, 30ff. hätte mich zum damaligen Zeitpunkt noch nicht erreicht.

Aber in diesem Sinn war es dann wohl doch kein Zufall, dass das Thema meiner Diplomarbeit Gesundheit und Spiritualität zum Gegenstand haben sollte. Wenn ich die Interviewprotokolle wieder lese, wird mir heute noch viel deutlicher als damals: Es ging den Menschen nicht nur um die schlichte Gesundheit, es ging um Heilung. Durchweg nahmen sie die Leistungen klassischer Medizin, soweit verfügbar, in Anspruch oder nutzten zusätzlich das Wissen der Herbalisten. Aber bei allen Erkrankungen, familiären wie anderen Konfliktsituationen ging es letztendlich immer, je nach Konstellation ergänzend mit dem Fetischpriester, um den guten oder schlechten „Spirit".

In diesen Jahren war für mich als einen vernunftsbetonten und Kirche gegenüber sehr distanzierten Protestanten die Arbeit der Steyler-Missionare in der Region sehr beeindruckend. Nicht nur ihre konkreten Projekte, die den Menschen in den Dörfern, ohne Ansehen der Person oder ihres Glaubens, unmittelbar zugutekamen. Es war vor allem die Art und Weise, wie sie den Menschen begegneten, ihre Sprache erlernten und beherrschten, Tradition und Brauchtum respektierten, auch wenn sich Ahnenkult, Opfergaben und viele Rituale des täglichen Lebens nicht oder nur schwer mit dem christlichen Glauben bzw. seiner Verkündung vereinbaren ließen. In der Praxis wohl aber eben doch, wenn der katholische Priester und der Fetischpriester sich nicht nur tolerierten, sondern akzeptierten, dass der eine wie der andere – ans Krankenbett gerufen – seinen Dienst versah. Ihr Glaubensverständnis konnte vielleicht nicht unterschiedlicher sein. Heilung aber war das oberste Ziel. Okomfo Boaty, oberster Fetischpriester in der Region, der sich allen Fragen immer aufgeschlossen stellte und seinen Shrine für die Arbeit öffnete, wäre mit der Grundbotschaft von

Lukas 10,25ff. sicher klargekommen. Nur war ich zum damaligen Zeitpunkt nicht in der Lage, darüber ein Gespräch zu führen! Und es sollte noch viele Jahre dauern, Hinweise dieser Art zu erkennen, sie auf mich zu beziehen und sie als wesentlichen Teil meines Selbst zu begreifen.

Es gibt für uns Menschen sicher so etwas wie den „weit-entferntesten-Punkt“ auf Erden bzw. im eigenen Leben, den auch ich wohl immer wieder aufsuchen musste, um zu mir zu finden. An so einem Punkt stand ich wieder im Frühjahr 1984 am Ende des Studienaufenthaltes, als ich mein Rückflugticket verkaufte und mit dem Erlös die Rückreise über Nigeria quer durch den Kontinent in den Sudan antrat, dort meine damalige Partnerin Claudia wiedertraf, die ihren Weg durch Zentral- und Ostafrika gefunden hatte, und wir gemeinsam mit Bus, Lkw und Schiff über das Rote Meer nach Ägypten, weiter nach Jordanien, Syrien und die Türkei wieder nach Wuppertal gelangten. Es war dort dann ein Neuanfang, denn unsere gemeinsame Wohnung hatten wir im Frühjahr 1983 kurzerhand aufgelöst. Vordergründig um die Miete zu sparen, aber eben auch gezahlt als Preis für die in Aussicht gestellte Freiheit.

Es war dann im Frühsommer 1984, ich war inzwischen 30 Jahre alt, nicht nur die Rückkehr in das geregelte Studium und das gewohnte Leben, sondern bald auch der Abschluss einer fast achtjährigen Lebenspartnerschaft.

Es sollte noch viele Jahre dauern, bis ich erkannte, dass man für Freiheit nicht der Heimat entfliehen und immer wieder tausende Kilometer durch fremde Länder und Kontinente reisen muss. Die andere Form zu reisen, ein Land zu besuchen, weil es Schätze für den wirklich eigenen Lebens- und Glaubensweg birgt, sollte ich erst 2017 auf meiner ersten Studienreise nach Armenien kennenlernen.

Gegen Ende meines Studiums, ich war noch in Ghana und bereitete meine Diplomarbeit vor, die ich nach meiner Rückkehr fertigstellen wollte, brachte die Ermordung von Prof. E. Lennartz Anfang 1984 meine Pläne heftig durcheinander. Im Rahmen seines ethnopsychologischen Forschungsschwerpunktes hatten sich meine Interessen und Studienprojekte die letzten drei Jahre gut entwickeln können. Die Diplomarbeit sollte den Weg für die weitere wissenschaftliche Laufbahn ebnen, diente nun aber lediglich dem Abschluss des Studiums. Da auch meine Bewerbung für ein Promotionsstipendium erfolglos blieb, zog ich 1986 ernsthaft in Erwägung, meinen Lebensmittelpunkt nach Ghana zu verlegen und dort mein Glück zu versuchen. Vielversprechende Kooperationspartner gab es, und im letzten Projekt bestanden ja schon Kontakte zur University of Ghana. Bei der Vorbereitung für eine Erkundungsreise, ich wollte die Chancen ausloten, lernte ich jedoch meine spätere Ehefrau Rita kennen, die als Volkswirtin auch Ghana kennenlernen wollte, jedoch sich ein dauerhaftes Leben dort nicht vorstellen konnte. Entscheidungen standen an: Das Kapitel „Afrika“ wurde abgesehen von privaten Reisen geschlossen. Es war eine weise Entscheidung.

Denn nun rückten erst einmal die klassischen Herausforderungen in den Vordergrund. Was nützt ein „Einser-Diplom“, wenn der nicht-wissenschaftliche Arbeitsmarkt in der Regel wenig Vorstellung davon hat, welchen Nutzen ein Sozialwissenschaftler für den Betrieb haben könnte? Fast zwei Jahre hielt ich mich mit Honorartätigkeiten über Wasser. Ich hatte neben dem BaföG-Bezug wesentliche Teile und Zeiten meines Studiums durch Wochenend- und Nachtschichten im Krankenhaus finanziert, und nun fiel es mir relativ leicht, Pädagogik, Psychologie und Soziologie an einer Hebammen- und Krankenpflegeschule zu unterrichten oder ein Fortbildungsseminar für Erzieher zu geben. In dieser Zeit half mancher Tipp weiter: Guten Freunden wie Franz S. und Reiner W. (†) sei auch an dieser Stelle herzlich gedankt.

Im Mai 1987 bekam ich bei der Stadtverwaltung Neuss eine Stelle als Jugendhilfeplaner, zuerst über Zeitverträge, aber dann letztendlich in Festanstellung. Die erwähnten Charakteristika „Kamel“ und „Löwe“ wollten wachsen, langsam aber stetig, viele Jahre unbemerkt. Den damaligen Warnhinweis meines Freundes Reiner zum neuen Arbeitsplatz: „Verwaltung ist der Ort, an dem Zwangsneurotiker angstfrei leben können“, schlug ich in den Wind; ich suchte nicht nur eine Arbeit, sondern auch Herausforderungen. Reiners Warnhinweis sollte sich mit wenigen Ausnahmen nicht bestätigen!

Bereits im Studium hatte ich mit Professor Lennartz einen guten Mentor. Nun wurde es für fast 18 Jahre ein Vorgesetzter: der spätere Erste Beigeordnete der Stadt Neuss, Peter Söhngen (†). Seine Worte, gerichtet an mich anlässlich der bevorstehenden Festanstellung, signalisierten Verantwortungsbewusstsein und Weitsicht: „... und wenn Sie sich irgendwann einmal beruflich verändern möchten, sprechen Sie mich an ...“ Aber für diese Festanstellung hatten wir erst noch die damalige, oberste Personalführung der Stadt Neuss überzeugen müssen: „Welchen Nutzen hat ein Sozialwissenschaftler für eine Stadtverwaltung?“

Nun ja, Überzeugungskraft und Arbeitsergebnisse überwanden anfängliche Skepsis. Respekt und Wertschätzung ließen gute Arbeitsbeziehungen wachsen. 2005 nahm ich dann Peter Söhngen beim Wort. Ich hatte meine zweijährige berufliche Fortbildung zum Personal- und Organisationsentwickler abgeschlossen und sah mich für die Zukunft eher im Personalmanagement meines Arbeitgebers. Und nochmals war Überzeugungsarbeit zu leisten, denn der damalige Personalchef und Skeptiker wurde im Sommer des gleichen Jahres mein neuer Vorgesetzter: Ewald Weidemann, seit 2008 im verdienten Ruhestand, und mich verbindet bis heute ein hohes Maß an wechselseitiger Wertschätzung.

Die Stadtverwaltung Neuss sollte für über dreißig Jahre eine sehr gute Arbeitgeberin sein. Auch und insbesondere, weil sie mir über viele Jahre nicht nur spannende Aufgaben, Projekte und Herausforderungen bot, sondern auch, weil ich über Teilzeitmodelle, alternierende Büro- und Heimarbeit, Familie und Beruf gut miteinander verbinden konnte: mein Sohn Martin wurde ja 1992, mein Sohn Nils 1997 geboren. Ich war als Vater im guten Sinn gefordert! Kooperative und aufgeschlossene Arbeitgeber beider Eltern ermöglichten neben beruflicher Entwicklung auch viel Präsenz in der Familie; ein Geschenk.

So legte ich auf die klassische Laufbahn und Karriere erst einmal wenig wert. Eine Abteilungsleitung im Jugendamt wurde mir Anfang 1994 angetragen, der bisherige Stelleninhaber hatte sie mit seinem Führungsstil arg strapaziert, und neben den interessanten Themen und Aufgaben reizte mich sicher in erster Linie die Herausforderung einer Personalleitung.

Mitte der neunziger Jahre nahm ich an dem Leitbildprozess der Stadtverwaltung Neuss aktiv teil, der dann recht bald in das Projekt „Verwaltungsmodernisierung“ führte. Organisatorische und personelle Grundsatzentscheidungen standen an. Ich räumte meine Abteilungsleitung zugunsten meines damaligen Stellvertreters, sein Scharren mit den Hufen war unüberhörbar, und wechselte Anfang 1998 in den neu gebildeten Stab des Ersten Beigeordneten Peter Söhngen.

Stabsfunktion ist fast immer Privileg: Aufträge und Projekte selber formulieren, gestalten und durchführen, fast uneingeschränkte Zugänge in der eigentlich wenig durchlässigen Hierarchie einer öffentlichen Verwaltung bzw. zu satzungsgemäß zuständigen politischen Gremien. Aber das innere Kamel in mir war über die

Jahre unmerklich gewachsen, hatte auch als Wüstentier wesensbedingt einige Dürreperioden gut überstanden und stellte mir kurz vor der Jahrtausendwende seine schier unbegrenzten Kräfte zur Verfügung, als ich die Projektleitung eines dreijährigen Quartiersentwicklungsprozesse übernahm. Es wurde die Schnittstelle zwischen Bürgern eines mit 6.500 Einwohnern „problematischen Neusser Stadtteils", einer unter Zugzwang geratenen Stadtverwaltung und einer aufmerksamen Kommunalpolitik.

Dass mich dieses Projekt nach drei Jahren ins gesundheitliche Burnout führte, war wohl weniger den Aufgaben zuzuschreiben, sondern dem praktizierten Leitungsverzicht höchster Ebenen und insbesondere meiner Anmaßung, dies zu kompensieren. So steht man als Projektleiter plötzlich in einer zweitägigen Zukunftswerkstatt vor 150 hoch engagierten Bürgern, die am Vortag intensiv die Lebenslage erörtert, Lösungswege und Maßnahmen erarbeitet haben und nun Entscheidungen seitens Verwaltung und Politik erwarten. Verweist man auf den Lauf der Dinge öffentlicher Verwaltung, schickt sie also faktisch nach Hause, oder bekennt man Farbe zugunsten dieser Menschen, geht Verbindlichkeiten ein, die als Paket mühselig und mit einem unermesslichen Kraftakt in Verwaltung und Politik transportiert werden müssen. Die Kernanliegen waren angekommen, aber es hätte einer Karawane bedurft.

In der Situation und in Anbetracht der eigenen gesundheitlichen Lage, von familiären Auswirkungen ganz zu schweigen, eine sehr bittere Erfahrung. Aber offensichtlich sucht oder konstruiert Mann, um in der spirituellen Gedankenwelt von Richard Rohr zu bleiben, der den Verlust von guten Initiationen für Männer beklagt, genau diese, oft um jeden Preis. Rückblickend war das aber eben genau mein Weg endlich Verantwortung für mich zu übernehmen.

Abraham, Johannes der Täufer und Jesus selbst konnten sich diesen Prüfungen in der natürlichen Schöpfung stellen. Die Gefahr lauert, wenn man der Überlieferung nach Lukas 9,25 folgt und sich dem weltlich Geschaffenen ausliefert: „Was nützt es einem Menschen, wenn er die ganze Welt gewinnt, aber seine Seele verliert oder doch schweren Schaden nimmt?“ Und das stand auch ihnen trotz dieser Erkenntnis noch bevor.

Aber nach überwundenem Burnout hatte sich für mich die Welt ringsherum ja nicht verändert, berufliche und private Zwänge und Routinen waren nur sehr mittelbar in einer Reha-Klinik bearbeitbar. Vielleicht war der schwere Motorradunfall im Frühjahr 2005 noch einmal ein drastischer, aber notwendiger Teil eines Erkenntnisprozesses, der sich dann in kleinen Schritten anbahnte und sich in den Folgejahren realisierte.

Rückblickend hatte sich dabei wohl die Fragestellung verändert. Aus „Welcher Engel hat mich im entscheidenden Augenblick aus der Situation herausgenommen und fünf Meter weiter unter der Fußgängerampel wieder abgelegt?“ wurde „Er hat mich auf eine andere Spur gesetzt!“. Die Etappen meines persönlichen Pilgerweges, Haus Benedikt, Schwanberg, Segeltörns, Exerzitien etc. habe ich bereits kurz erwähnt.

Aber der Aufgaben- und Stellenwechsel 2005 von der Jugendhilfe- und Sozialplanung ins Personalmanagement meines Arbeitgebers, um die innerbetriebliche Personalentwicklung aufzubauen, versprach erst einmal neue Herausforderungen. Leistungsbezogene Anreizsysteme sollten das Verantwortungsbewusstsein in der Mitarbeiterschaft und auf allen Führungsebenen schärfen, und neben den ausgelobten Prämien für gute bis sehr gute Leistung, konnte tatsächlich die Unternehmenskultur durch die Einführung jährlicher Mitarbeitergespräche verbessert werden. Nahezu alle Führungskräfte stellten sich einer mehrtägigen Fortbildung, und Beratungsgespräche unterstützten auf freiwilliger Basis die Praxis. Die materielle Seite, sprich vermeintliche Leistung zu messen und in Entgeltsysteme umzusetzen und an die Mitarbeiterschaft auszuzahlen, stieß nach wenigen Jahren an seine Grenzen. Öffentliche Verwaltung neigt zu sehr dazu, neue Initiativen und Ansätze schnell systemstabilisierend zu integrieren; frischen Wind zu absorbieren. Es wurde viel über werteorientierte Führung geredet, was in der Praxis, also auf der konkreten Verhaltensebene, wenig Niederschlag fand; es fehlte die dafür notwenige Grundhaltung.

Berechtigte Zweifel regten sich auch bei mir, zudem nun der „Löwe in mir" sich zu Wort meldete – man hatte ihn / mich 2008 mit einer Sachgebietsleiterstelle im Personalbereich angefüttert. Nochmal sei hier Paul Imhof (2013) zitiert: „Sie fangen an zu brüllen, schütteln ihre Mähnen, werden sozusagen repräsentativ. Das Lebensgefühl ist: Das kann doch nicht sein: Ich arbeite und tue meine Pflicht! Ich möchte auch einmal der Herr sein!" Und der Löwe in mir bekam einen Namen: „Ich werde es besser machen!"

So übernahm ich zum 1.Januar 2011 die Leitung der Volkshochschule Neuss. Das VHS-Programm war im Prinzip gut, doch eine wenig ausgeprägte Teamkultur hatten Misstrauen und Mobbing Raum gegeben. Nach wenigen Monaten verstand ich rückblickend ziemlich genau die Auswahl der Instrumente des Assessment Centers, welches ich im Herbst 2010 erfolgreich durchlaufen hatte. Persönliche und professionelle Wertschöpfung waren angesagt, um Einrichtung und Team aus der vorgefundenen Misere herauszuführen. Und um selber nicht unterzugehen.

Mein Weg führte mich so schon nach kurzer Zeit auf den Schwanberg in die zweijährige berufsbegleitende Fortbildung zur „Konfliktbewältigung". Marshall Rosenbergs „Gewaltfreie Kommunikation" war ihr Leitgedanke, und ich lernte Friedrich Glasls fundiertes Konzept und Handwerkzeug kennen. Es sollte mir im Betrieb eine wertvolle Hilfe sein. Aus dieser Zeit ließe sich noch Vieles schildern – der Erkenntnisgewinn hielte sich in Grenzen!

Irgendwann im Sommer 2014 habe ich dann doch verantwortungsvoll nach vorn geschaut und mich gefragt, ob meine Motivation und meine Kraft unbegrenzt sind, ob nicht jedes Kamel letztendlich doch einen obersten Kameltreiber hat, auch wenn die Herde sehr groß ist und man abtauchen könnte, oder ob nicht der Löwe sich doch immer einer größeren Mähne unterzuordnen hat. Kurzum, es war die Frage: Muss ich das Spiel bis zur Vollendung des 65. Lebensjahres plus der von der Rentenversicherung auferlegten acht Monate mitspielen, oder trete ich mit ehrlichem Herzen und klarem Verstand den Rückzug an. Der Altersteilzeitvertrag mit meinem Arbeitgeber entließ mich, wie erwähnt, zum 31. Oktober 2017 in die Freiheit. Der Weg für wirklich Neues war geebnet.

Zeitsprung zurück in die achtziger Jahre! Meine damaligen Pläne, nach Ghana auszuwandern, ließ ich 1986 von meiner späteren Ehefrau Rita durchkreuzen. Es war eine gute Entscheidung. Wir heirateten im Juni 1987, im Mai hatte ich meine Stelle bei der Stadt Neuss angetreten. Nach einigen Umwegen, von Wuppertal über Gießen, sie schloss dort ihr Studium ab, ich hatte in Neuss ein kleines Apartment, später pendelte ich zwischen Gießen und Neuss, fanden wir unseren Lebensmittelpunkt in Jüchen, einem kleinen Dorf im Städtedreieck Mönchengladbach, Neuss / Düsseldorf und Köln. Aber ohne Herausforderung ging es auch damals nicht: Das erworbene Fachwerkhaus nebst Nebengebäude, eine ehemalige Bäckerei im historischen Ortskern, stand unter Denkmalschutz und musste restauriert, renoviert, kurzum: bewohnbar gemacht werden, was letztendlich fast zehn Jahre lang und viel eigenen handwerklichen und finanziellen Einsatz kostete. Als Handwerker brachte ich entsprechende Kenntnisse und Fähigkeiten ein; vom Herzblut ganz zu schweigen.

Über eine mehr als zwanzig Jahre währende Ehe ist hier nicht zu schreiben oder gar zu werten. Zwei wunderbare Söhne sind ein unvorstellbar großes Geschenk auch für Eltern, die Familie und Beruf, Gemeinsinn und Karriere letztendlich nicht gut unter den besagten Hut bringen konnten. Kamel- und Löwenanteile auf beiden Seiten taten ihr übriges. Die kleine denkmalgeschützte Haus- und Hofanlage bot unseren Kindern zumindest für viele Jahre ein gutes Zuhause. Jahre später zerfloss auch dieses Lebensprojekt im Trennungs- und Scheidungsverfahren; Herzblut die Zweite.

Aber es galt nichts zu verleugnen! Martin und Nils waren Wunschkinder. Und obwohl sich die elterlichen Wege 2008 trennten, bleibt die gemeinsame Elternschaft und damit die Hoffnung, gute Eltern (gewesen) zu sein. Und insbesondere die Hoffnung auf Heilung – mögen sie als erwachsene Menschen, die sie heute sind, ihren Weg finden und den Schmerz des familiären Bruchs gut in ihr Leben integrieren; sie waren zum Zeitpunkt der Trennung erst 11 und 16 Jahre alt.

So brauchte auch ich viel Zeit, um die diversen nachehelichen Baustellen zu schließen, Schuldgefühle den Kindern gegenüber abzubauen und ihnen weiterhin und in neuen Formen Aufmerksamkeit und Liebe entgegenzubringen, wie es mir wahrscheinlich in den Jahren des gemeinsamen Lebens nicht immer möglich war. Und es erfüllt mich heute mit viel Freude, zu sehen, wie beide ihren Weg finden. Sie bewegen sich nicht nur in den Tiefen mathematischen Modelle, für die sie als Mathematiker leben, sondern begreifen sich auch in ihrem sozialen Engagement und ihrer Naturverbundenheit, letztendlich auch in ihrer Liebe zur Musik und zum Tanz, Martin im Rock'n'roll, Nils im argentinischen Tango. Mathematik, Musik und Tanz beschreiben offensichtlich tatsächlich den gleichen kosmischen Urgrund unseres Daseins, wie, religionsübergreifend, die Weisheiten überliefern, bzw. verleihen ihm seinen vollendeten Ausdruck. Es ist also nicht nur ein Gefühl, sondern wir sind Teil des allumfassenden, kosmischen Geschehens.

Die Zeit nach der Trennung war trotz vieler ungeklärter oder halbherziger Lasten einer gescheiterten Ehe für mich eine sehr gute Besinnungszeit. Nils und Martin hatten sich für den Verbleib bei ihrer Mutter entschieden, doch nach kurzer Zeit zog Nils, der Jüngere, zu mir nach Düsseldorf, wo ich im Haus meines Freundes Peter eine kleine Wohnung für eine Übergangszeit bezogen hatte. Ihm und seiner Ehefrau Barbara sei auf ewig für diese kleine Arche gedankt. Peter hatte kurzerhand sein persönliches Rückzugsdomizil unter dem Dach des Hauses an Nils abgetreten. Vater und Sohn unter einem Dach in sorgender und wohlwollender Umgebung und trotzdem dazwischen eine Treppe; gute Distanz und Nähe in Zeiten des Umbruchs!

Die Beziehungen zu meinen Söhnen waren in dieser Zeit oft nicht ganz einfach: Unsicherheit, Angst, Hoffnung und Vergewisserung: Wo bleibe ich als Vater? – zehrten umgekehrt wohl auch an ihnen: Wo ist der Vater? Ich hätte in dieser Zeit nicht einen Moment mit ihnen missen wollen.

Nils und ich freuten uns auf die Rückkehr ins beschauliche Jüchen. Dort hatte ich ein kleines Mehrfamilienhaus erworben, und die dortige 3-Zimmer-Wohnung mit Dachterrasse wurde im Herbst 2009 unser neues Domizil. 2010 entschied Nils sich dann, doch bei seiner Mutter zu leben. Martin nahm damals gerade in Göttingen sein Mathematikstudium auf.

Aber Besinnung hieß auch, nicht nur Vater sein, sondern als Mann wieder in einem neuen Leben ankommen. Und das sollte sich auf lange Sicht eben nicht in einem Singledasein verwirklichen. In diesem Gefühl wuchsen Wunsch und Mut für eine neue Partnerschaft. Ich hatte Ulrike, meine heutige Ehefrau, 2009 kennenlernt, war inzwischen 55 Jahre alt und traf mit ihr einen Menschen, der nach gescheiterter Ehe auch wieder sicheren Halt im Leben gefunden hatte und mit den eigenen zwei heranwachsenden Kindern nachempfinden konnte, wie schwierig es oft ist, „nur Eltern-Teil zu sein".

Und die sich ebenfalls auf einer irgendwie gearteten spirituellen Suche befand, sich die gleichen oder ähnliche Fragen stellte. Welch ein Geist wehte hier doch plötzlich: Liebevolle Zuwendung und Aufmerksamkeit, Neugier und Suchbewegungen! Wir durften auf eine neue Partnerschaft und einen gemeinsamen Lebensweg hoffen. Glück!

Wir heirateten 2012 standesamtlich. Eine kirchliche Trauung war zum damaligen Zeitpunkt kein Thema, denn Ulrike war bereits in erster Ehe katholisch getraut, ich evangelisch und immer noch von Zweifeln durchsetzt. Ich hatte das Thema schon in meiner ersten Ehe, meine Partnerin und spätere Ehefrau war auch katholisch, strikt vermieden. Damals begegneten mir wieder altbekannte Signale der Abgrenzung – nur freundlicher, aber auch deutlich in der Bemerkung meiner damaligen Schwiegermutter: „Der Gerhard ist ja ganz nett, aber muss es denn ein Luther'scher sein?" Schmerzlich bleibt in Erinnerung, dass wir keinen Zugang zur Taufe unserer Kinder fanden. Was innerlich hätte geklärt werden können, fand sprachlich, nach Außen seine Rationalisierung: Die Kinder sollten selber entscheiden, wenn sie groß genug sind. Beide sollten daher zwar am ev. Religionsunterricht teilnehmen; das elterliche Feigenblatt. Was sie auch viele Jahre taten. Da war aber wohl auch viel Verantwortungslosigkeit im Spiel, wenn Eltern derart wichtige Fragen an die Schule delegieren.

Aber es gab ja nun, im Herbst 2009, in dieser neuen, beginnenden Partnerschaft zwischen Ulrike und mir vom ersten Augenblick an diese spirituelle Tiefe, die gar keine vorgegebenen Formen und

Worte vertragen wollte oder benötigte. Wir sollten sie selber finden! Wenige Wochen nach unserer standesamtlichen Heirat machten wir uns auf den Weg zum Schwanberg, besuchten dort ein Seminar für junge, ältere und jung gebliebene (Ehe-) Paare und genossen anschließend dort noch eine Woche als Urlaubsgäste an diesem heiligen Ort; es war von Beginn an stimmig, und es sollte nicht unser letzter Besuch dort gewesen sein.

Vielleicht haben auch wir gemeinsam an diesem Ort das Gespür für unsere tiefen Kraftquellen entdeckt, die wir in Zeiten von Krankheit als Ressourcen nutzen konnten. Wie wertvoll wurde der Mantel liebender Aufmerksamkeit, eine geteilte spirituelle Erfahrungswelt, die man dem jeweils anderen im richtigen Augenblick anbieten kann.

Und nach fast sieben Jahren, Anfang 2019, habe ich Ulrike dann doch gefragt, ob wir beide uns trauen lassen und unsere weltliche Ehe vor Gott bekennen können; mein Herzenswunsch war gewachsen. Wohl auch ihr Wunsch, aber irgendwie auch mit dem Bann ihrer ersten, katholisch geschlossenen Ehe und Trauung belegt. Anfang 2019 war es offensichtlich noch nicht der richtige Schritt und Zeitpunkt. Ich konnte ihre Zögerlichkeit annehmen, denn ich wusste um ihre Bedenken, gespeist aus der Vergangenheit, wirksam in der Gegenwart.

Umso glücklicher durfte ich mich dann im Sommer fühlen, als Ulrike von sich aus plötzlich „Ja" sagte. Ich hätte es nie übers Herz gebracht, sie zu drängen. Wieviel mehr Wert war mir und uns doch nun dieses Ja-Wort!

Die Zeit haben wir benötigt, weil wir weder die katholischen noch die evangelischen Wurzeln mit ihren scheinbar ewig wirkenden Spannungen zwischen den Konfessionen und Traditionen – diese hemmenden Geister (!) – mitheiraten wollten. Es galt einen Weg zu finden, sie zu überwinden.

Ist es nicht ein wahrhaft reformatorischer Versuch, einen urchristlichen Weg zu suchen und ihn in der Gegenwart zu leben? Es ist unsere gemeinsame Suche, unser Weg zu Gott und uns selbst, als zwei Menschen und ein Paar. Mit Herz und Verstand und bestimmt im Sinne von Paulus im Galaterbrief 5,1 verkündet: „Christus hat uns befreit; er will, dass wir jetzt auch frei bleiben. Steht also fest und lasst euch nicht wieder ins Sklavenjoch einspannen!" Unsere Ehe vor Gott bekennen.

Den Trauspruch unserer standesamtlichen Eheschließung leben wir: „Eine Beziehung wird immer wieder neu erschaffen, Tag für Tag, Woche für Woche. Wenn du willst, ein Leben lang, Heute wäre ein guter Tag!"

Und so sind es oft die vielen kleinen Dinge, die Gelegenheiten, die Stetigkeit und Kontinuität, mit der wir auf unseren jeweils eigenen, aber auch gemeinsamen Wegen unterwegs und letztendlich immer auch in schwierigen Themen so im Gespräch sind, dass unsere Tage mit Sinn erfüllt werden. Es mag das sein, was Paulus im 1Kor 2, 6 als die tiefsinnige Weisheit „... für alle, die dafür reif sind" beschreibt.

Manchmal haben wir bedauert, dass wir uns erst in der Mitte unseres Lebens kennengelernt haben, natürlich auch, weil das bis dato gelebte Leben letztendlich auch in das Scheitern unserer jeweilig vorangegangenen Ehen mündete. Aber diese Zäsuren waren Momente der Entscheidung und Umkehr. Welche Symbolkraft doch im Vorschlag von Paul Imhof lag und liegt, unsere Ehe vor Gott in Ephesus zu bekennen!

Während meiner einjährigen online-Exerzitien 2018/19 mit Stefan Sedlacek, eine Pilgerreise durch die Johannesoffenbarung, stieß ich auf sehr gute Verse von Bernhard von Clairvaux. Er zeichnete in seinem Text „Erweise dich als Schale, nicht als Kanal" ein Bild, das meine jahrelang gepflegte Haltung hinterfragte und

; und Scheitern in Beruf und Familie, trotz beschwore-
·, Leben, Krankheit und Todesnähe dicht beieinander.
t als Nächstes? war wohl unbewusst zu einem stillen
ıa geworden, das sich die Situationen selber suchte und
e Verheißung in Galater 5,1 bedeutet aber auch „seinen
", auch über Felsen und mit den Disteln klarkommen,
vann auf fruchtbarem Boden zu stehen, zu säen (Mk
zu ernten.
ten Einzelexerzitien im Sommer 2018 bei Paul Imhof
ıwanberg leiteten für mich greifbar einen Wandel ein.
der hatte ich die morgendliche Eucharistiefeier bewe-
Sie ist mein Tor geworden, das der Überlieferung nach
esus Christus für uns offenhält: „Ich bin das Tor. Wer
hineingeht, wird gerettet. Er wird hinein- und hinaus-
eine gute Weide finden." Und es ist bis heute jedes Mal
lick unmittelbar bevor ich das Abendmahl empfange.
Augenblick der Entscheidung, der mich die Tragweite
ns spüren lässt. Eucharistiefeier und Gottesdienste –
so oft erlebt, eigentlich ist alles bekannt und trotzdem:
ne Wiederholung. Im entscheidenden Augenblick den
en, Anhaftungen und Irritationen – Ungeistern – wi-
der eigenen Intuition, dem Ruf folgen, dem Wort ver-
ennen und empfangen. Amen!
ieses Gefühl führte mich eines Nachmittags während
erzitien aus meiner Kammer heraus, von meinen Tex-
d nach kurzem Weg in den Friedwald der Communität,
igen Andachtstisch:

meinem Lebensweg tief berührte, weil er über alles Bestehende hinausweist:

> „Wenn du vernünftig bist, erweise dich als Schale, nicht als Kanal, der fast gleichzeitig empfängt und weitergibt, während jene wartet, bis sie gefüllt ist. Auf diese Weise gibt sie das, was bei ihr überfließt, ohne eigenen Schaden weiter, denn sie weiß, dass der verflucht ist, der seinen Teil verringert. Wir haben heutzutage viele Kanäle in der Kirche, aber sehr wenige Schalen. Diejenigen, durch die uns die himmlischen Ströme zufließen, haben eine so große Liebe, dass sie lieber ausgießen wollen, als dass ihnen eingegossen wird, dass sie lieber sprechen als hören, dass sie bereit sind zu lehren, was sie nicht gelernt haben, und sich als Vorsteher über die anderen aufspielen, während sie sich selbst nicht regieren können. Lerne auch du, nur aus der Fülle auszugießen, und habe nicht den Wunsch, freigebiger als Gott zu sein. Die Schale ahmt die Quelle nach. Erst wenn sie mit Wasser gesättigt ist, strömt sie zum Fluss, wird sie zur See. Die Schale schämt sich nicht, nicht überströmender zu sein als die Quelle. Du tue das Gleiche! Zuerst anfüllen und dann ausgießen. Die gütige und kluge Liebe ist gewohnt überzuströmen, nicht auszuströmen. Ich möchte nicht reich werden, wenn du dabei leer wirst. Wenn du nämlich mit dir selbst schlecht umgehst, wem bist du gut? Wenn du kannst, hilf mir aus der Fülle; wenn nicht, schone dich."
>
> (Bernhard von Clairvaux (1090–1153): Predigten über das Hohelied, Predigt 18)

Nun, da gab und gibt es noch die kleine weiße Ev. Friedenskirche in Wegberg, dem kleinen Ort nah der holländischen Grenze, in dem ich Glück und Heimat gefunden hatte. Es waren wohl die guten Impulse aus den Segelfreizeiten, die mir halfen, meine Distanz zu einer Kirchengemeinde aufzugeben. Die Erinnerungen aus meiner Konfirmationszeit in der Heimatgemeinde in Braunschweig waren verblasst, der Sehnsucht nach einem geistlichen Ort in meiner Nähe konnte ich Raum geben. Ich suchte den Weg zur Gemeinde und fand meinen Platz in der dortigen Männergruppe, ein eher lockerer und offener Treff ohne geistlichen Anspruch – aber Männer bewegen sich ja bekanntlich eher in den typisch männlichen Themen: die Politik, der Sport, das Alter etc. Die Altersspanne von Anfang 50 bis über 90 Jahren ist groß, entsprechend die Interessen und Erfahrungen. Und gut geführt durch Gerd (†), der uns sicher, aber nie bestimmend durch manche hitzige Diskussion führte und immer den Anstoß zur Reflexion gab. Sein plötzlicher Tod im Mai 2019 war ein großer Verlust. Es sollte nicht der einzige Verlust bleiben.

Was bleibt, ist eine gesunde Distanz zum Betrieb, der Organisation „Kirchengemeinde", sicher geprägt durch meine professionelle Sicht als Organisations- und Personalentwickler. Administrative Aspekte und Routinen sowie Leitungs- bzw. Kommunikationskultur in der Gemeinde waren oft der gelebte Widerspruch zur Guten Botschaft. Eine gewisse Grundspannung ist sicher nie aufzulösen, insbesondere wenn ausgeprägt spirituelles Gedankengut, Wege und Praxis auf reformiert-uniertes Grundverständnis stößt. Aber bei vielen Anlässen sind diese Anstöße eben auch Impulse und führen immer wieder zu vertiefenden und guten Gesprächen, z. B. bei der Gestaltung von Gottesdiensten aus der Männergruppe heraus. Eine ev. Kirche in Wegberg zu errichten war im katholischen Wegberg Anfang der fünfziger Jahre nicht unbestritten.

Die Kirchengemeinde versteht sich bis heute als Diasporagemeinde, denn nur rund 12 Prozent der Wegberger Bevölkerung sind evangelisch. Und damals war es auch in Wegberg noch kein gesellschaftlicher Konsens, dass die protestantischen Flüchtlinge

aus dem Osten bleiben werden. So
eher in wenig attraktiver Ortsran
anfangs geplant. Aber oft werden a
grund demografischer Entwicklung
doch mehr oder minder zentrale
zuvollziehen bis heute die architek
Eine kleine, weiße Kirche, mit ihre
Evangelisten Johannes verpflichte

Der Überlieferung nach gab es
zwischen Kirchenbaumeister und
kristallisierte sich ein baulich eig
was dem Charakter der Verschmel
rückgebaut und der geplanten Stru
Fast mein ganzes Leben war gepr
Grenzerfahrungen: Meine frühki
Schwerbehinderung meiner Schwe
das stetige Suchen nach immer n

lagen Erfo
ner Balan
Was kom
Lebensthe
schaffte. D
Weg gehe
um irgend
4,3ff.) und

Die zwe
auf dem S
Immer wi
gend erleb
(Joh 10,9)
durch mic
gehen und
der Augen
Es ist der
des Glaub
man hat si
Es ist nie e
Ablenkun
derstehen,
trauen, be

Genau
besagter E
ten weg u
an den do

Ich fand mich in der Aufstellung meines Lebens wieder, an der Grenze zwischen Diesseits und Jenseits, Leben und Tod eines Friedwaldes, zwischen Jetzt-Zeit und einer fast greifbaren Ewigkeit. Gut aufgestellt und aufgehoben.

Was mir lebenslang oft wie ein Drohszenario vorkam – was passiert mir als Nächstes? – löste sich auf! Es war ein tiefes Gefühl, etwas abschütteln zu können. Von Freiheit!

Aber es blieb eine gewisse Zögerlichkeit, so dass ich diese Erfahrung, mein Lebensthema, im Februar 2019 im Rahmen des Aufstellungsseminares im Christus Centrum Kempen (CCK) zur Aufstellung brachte. Auch hier zögerte ich erst: Lässt sich etwas, was doch bereits aufgestellt ist und von ganz tief aus dem Herzen in den Verstand vorgedrungen war, nochmals aufstellen? Ich vertraute es meinem Repräsentanten an, und als ich nach einiger Zeit an seine Seite trat, spürte ich Gewissheit; ich durfte dem damaligen und aktuellem Gefühl, meiner Intuition trauen, nicht nur dass ich auf dem richtigen Weg bin, sondern dass ich mich IHM anvertrauen darf.

Die Aufstellung fiel ja in eine Zeit, in der ich mit Stefan Sedlacek auf einer Pilgerreise durch die Johannesoffenbarung war; Pfingsten 2018 bis Himmelfahrt 2019. Diese online-Exerzitien hatten Paul Imhofs (2014) Perspektiven der Johannesoffenbarung zur Grundlage und waren eine sehr intensive Zeit des Lesens, Vertiefens und Betens, aber auch des Schreibens und des Austausches mit Stefan in den monatlichen Gesprächen via Skype.

Ich lebte Ende 2018 noch im Nachhall meiner Bandscheiben-OP, ein guter Freund hatte gerade eine Krebsdiagnose erhalten, die Fastenzeit vor Ostern 2019 brach an, und auf unserer Pilgerreise begegneten uns die „Sieben Plagen“. (Offb. 15,1ff.)

Meine Worte aus der E-Mail-Korrespondenz mit Stefan Sedlacek, 27. und 28. März 2019: „... und es ist schon irgendwie erstmal eine irritierende Entwicklung, wenn ein Mensch zu Beginn der Passionszeit in so eine Krise hineingleitet, sich – verständlich – mit der harten weltlichen Seite des Lebens – Krankheit, Ärzten, Untersuchungen etc. – auseinandersetzen muss; irgendwie wohl seine sieben Plagen erlebt. Ich würde ihm wünschen, diesen Weg auch spirituell bewusster zu gehen, aber er ist damit nicht vertraut. Thomas Keating hat mal geschrieben, *der Weg nach oben geht nur über das Fallen nach unten.* Und Richard Rohr spricht vom *Scheitern des Selbstkonzeptes* als Schlüssel, einer spirituellen Initiation, für eine reife Persönlichkeit. Es macht mir noch einmal sehr, sehr deutlich, diese Passionszeit gut zu nutzen und sich nicht in vordergründige Fastenaktivitäten zu verlieren. (...)"

Stefan antwortete: „... Für mich ist Jesu Leben Vorbild und Symbol für alle spirituell Suchenden. Halten wir uns vor Augen, dass es zwei Dimensionen in uns Menschen gibt, die irdisch-biologische und die spirituelle, göttliche. Das ist für manchen Zeitgenossen ja schon zu viel Esoterik. Für mich ist der *Weg nach unten*, die Selbstbehauptung aufzugeben und sich in die Hände Gottes, man könnte auch sagen *des Lebens* zu geben. Dazu gehört auch, die vermeintlich Bösen dieser Welt wertneutral zu beobachten. Dann ist die Frage, wie wir es schaffen, das weltliche, ichbezogene Leben dem spirituellen Weg unterzuordnen. Nicht mein, sondern Dein Wille geschehe. Und das ist eine Frage, die sich jeder Christ für sein eigenes Leben stellen soll; da reicht es nicht, auf ein historisches Geschehen vor 2000 Jahren zu schauen. Auf diesem Weg gewinnt der / die Einzelne seine ursprüngliche Würde als Ebenbild Gottes zurück. Er kehrt um, bewegt sich wieder auf Gott zu, seine Sünden, d. h. seine Entfernung bzw. Entfremdung von Gott, werden überwunden.

Diesen Weg hat Jesus geebnet, aber gehen muss ihn jeder Einzelne. Die Plagen wirken sich ja nur leidvoll aus, wenn sie auf Resonanz stoßen. Das dann folgende Rütteln und Schütteln kann klärend wirken. Jene, die sich schon geläutert haben, nehmen die Harfe und singen ein neues Lied, äußern sich auf neuer Bewusstseinsebene. Gott als Wundertäter für das eigene Leben einzubinden ist wohl nur eine Vorstufe zu dem Bewusstsein, in Dankbarkeit für all das zu leben, was uns bisher geschenkt wurde ..."

Die vorösterliche Fastenzeit erlebe ich in Öffentlichkeit und Gemeinde immer sehr ambivalent. Geht es wirklich im profanen Sinn einfach darum, mal auf dies und jenes zu verzichten und zu schauen, was passiert und sich gut fühlen. Der vermeintliche Verzicht auf das Materielle im Diesseits verstärkt doch eher die ökonomische Vermessung. Es ist bestimmt nicht schädlich, gewisse Dinge im Rahmen der jährlichen *Sieben Wochen ohne* unserer evangelischen Kirchen aus den täglichen Routinen herauszunehmen, aber Vermögen eben auch als mein geistig-geistliches zu begreifen, was es gilt anders einzusetzen. Also einen guten, förderlichen Umgang mit der materiellen und spirituellen Wahrheit zu finden.

Wenn wir die Meditation von Offb. 12-13 als Vorbereitung der Fastenzeit und damit auf das österliche Geschehen begreifen, ist Fasten dann doch ein hoch fruchtbarer Klärungs- und Reinigungsprozess, um wahrscheinlich überhaupt ansatzweise begreifen, was Ostern – und die Zeit danach – für jeden für uns bedeuten könnte. Den Fokus nicht auf Weglassen, sondern auf die bewusste Auseinandersetzung mit den alltäglichen Dynamiken legen, führt zur Anreicherung. Noch einmal sei erinnert an Bernhard von Clairvaux: Schale – nicht Kanal!

Der Überlieferung nach Markus 4,10-12 legt Jesus seinen Jüngern die auf den ersten Blick paradoxe Wirkungsweise seines Gleichnisses vom Säen auf verschiedenen Böden (Mk 4,3-8) dar – er provoziert zum Nachdenken und nicht dazu, einfach zu übernehmen: „Denn sie sollen mit offenen Augen sehen und nichts erkennen. Und sie sollen mit offenen Ohren hören und nichts verstehen. Sie sollen nicht zu Gott umkehren, damit er ihnen ihre Schuld nicht vergibt." Und übersetzt es anschließend in den Klartext seiner Botschaft: „Der Bauer sät das Wort aus. Was auf den Weg fällt, steht für die Menschen, die das Wort hören, wenn es gesät wird. Aber sofort kommt der Satan und nimmt das Wort wieder weg, das in sie hineingesät wurde. Was auf felsigen Boden fällt, steht für die Menschen, die das Wort hören und es sofort mit Freude annehmen. Aber es schlägt keine Wurzeln in ihnen, weil sie ihre Meinung schnell wieder ändern. Wenn ihnen das Wort Schwierigkeiten oder Verfolgung bringt, lassen sie sich sofort davon abbringen. Für wieder andere steht das, was zwischen die Disteln fällt: Es sind Menschen, die das Wort hören, aber dann kommen Alltagssorgen, der Reiz des Geldes oder die Gier nach irgendetwas anderem. Die Disteln überwuchern und ersticken das Wort, und es bringt keine Frucht. Aber was auf guten Boden gesät ist, steht für die Menschen, die das Wort hören und aufnehmen. Und bei ihnen bringt es reiche Frucht: Manche Pflanzen bringen dreißig, andere sechzig, andere sogar hundert Körner Frucht." (Mk 4,14-20)

Wer sehnt sich nicht nach einem fruchtbaren Boden und hohen Ertrag! Aber ist es nicht eher die in diesem u. a. Gleichnissen bzw. in der Offenbarung des Johannes enthaltene Spannung und Dynamik, auf die man sich auf seinem Weg einlassen muss? Seinen eigenen Weg zu finden, ist wahres Vermögen! Ist es nicht das, was uns in den Exerzitien und in der Aufstellungsarbeit leitet? Wir nehmen den Impuls des Tages und den Text für die Exerzitien oder lassen uns von dem Mandat in einer Aufstellung inspirieren, imaginieren ein neues, bisher unbekanntes Erleben, setzen es in Gebet und Szene und finden intuitiv unsere Wege und Lösungen. Auf diese Wahrnehmung können wir uns verlassen!

Ich habe meinen Lebensweg mit all seinen Höhen und auch drastischen Tiefen spirituell oft als leben zwischen Karfreitag und Ostersamstag erlebt. Während der erwähnten Pilgerreise durch die Johannesoffenbarung, den Exerzitien und Aufstellungen konnte ich erstmals fruchtbaren Boden unter meinen Füßen spüren und trotzdem zu den steinigen Passagen und Disteln in einer guten Beziehung stehen. Lebensweg und Pilgerweg fallen zusammen: Prüfungen, Herausforderungen, Versuchungen, Bekenntnisse, Verantwortung übernehmen und Ent- scheidungen treffen.

So eine Lern- und Lebensphase wie in den Jahren 2018 und 2019 kann man eigentlich nicht planen. Sie kommt, man nimmt sie als *mein Kreuz* an, und ich durchlebte sie in eigene/m/r Glauben, Liebe und Hoffnung; ich fand Gewissheit! Der erwähnte Freund ist Himmelfahrt 2019 verstorben.

Aus der Männergruppe heraus, die er ins Leben gerufen und geleitet hatte, bemühten wir uns, im Trauergottesdienst zu vermitteln, dass es damit nicht zu Ende gewesen ist (Offb 21,1-5). Vielleicht spendete unser Versuch eines wahren Dialoges im und mit dem Psalm 23 etwas Trost:

Der Herr ist mein Hirte
Und wir fühlen uns dennoch so verlassen.

Mir wird nichts mangeln
Und wir wissen, dieser Mensch wird uns fehlen, seine Gegenwart kann niemand ersetzen, seinen Rat und seine Hilfe werden wir ewig vermissen.

Er weidet mich auf einer grünen Aue und führet mich zum frischen Wasser
Und ich denke mir, wenn Gott Zukunft mit uns vorhat, muss er uns helfen neu Atem zu schöpfen und Kraft zu gewinnen.

Er erquicket meine Seele. Er führet mich auf rechter Straße um seines Namens willen.
Und ich denke mir, dass unsere Trauer eine Prüfung ist. Weint man um die weniger werdenden Lebensmöglichkeiten? Oder weint man, weil der Verstorbene sein Leben verloren hat, und hat er das?

Und ob ich schon wanderte im finsteren Tal, fürchte ich kein Unglück. Denn du bist bei mir, dein Stecken und Stab trösten mich.
Die Trauer ist wie ein finsteres Tal, und niemand muss sich seiner Gefühle in diesem Tal schämen. Es gibt einen, der auch jeden weiteren Lebensweg begleiten wird. Das gibt Halt. Und diesen Halt brauchen wir auch.

Du bereitest vor mir einen Tisch, im Angesicht meiner Feinde, du salbst mein Haupt mit Öl und schenkest mir voll ein.
So mancher wird an das *letzte Mal* denken – mit ihm gemeinsam am Tisch, im Gespräch beim Männerforum im Gemeindezentrum, beim letzten Akkord der Gitarre. Beim herzlichen Hallo auf der Straße. Wann waren wir zuletzt miteinander. Herr, verwandle unseren Schmerz in Reife.

Gutes und Barmherzigkeit werden mir folgen mein Leben lang. Und ich werde bleiben im Hause des Herrn immerdar.
Herr, du begleitest unser Leben, wohin es auch geht. Bei dir, mein Gott, haben wir Heimat.

Wie oft habe ich mich in den letzten Jahren bemüht, diese Botschaft zu meiner eigenen werden zu lassen, also unsere christliche Ethik nicht nur als Referenzrahmen zu reflektieren; quasi theologisch zu halten. Theorie und Praxis fallen dabei immer auseinander: „Ja, das ist ja grundsätzlich richtig, aber ..." Es veränderte sich nichts. Über die letzten Stationen meines Pilgerweges ist es mir in kleinen Etappen immer mehr gelungen, mich wirklich auf das Geschehen meines Lebens, meine eigene Passion, einzulassen; körperlich, emotional, sozial, geistig und geistlich. Anspruch und Wirklichkeit berühren sich. Das hat auch was Destruktives, bietet aber Chancen, denn es verschmelzen in der Nachfolge Glaube, Liebe, Hoffnung in Handlung. Und dann ist es nicht mehr ein Leben zwischen Karfreitag und Ostersamstag, sondern eine Ahnung von Ostersonntag, über Himmelfahrt zu Pfingsten und darüber hinaus in einer stetigen Erneuerung.

Der Ruf, der mich zur Umkehr bewegt hat, oder das Gebet, das ich in einer Exerzitienwoche formulierte, sind Antworten, die im Alltag gelebt werden wollen. Das gelebte Leben begreife ich inzwischen als meine Ressource und kann es immer besser für meinen weiteren Lebensweg nutzen; nicht mehr Last, sondern Kraftquelle. Und d. h. auch, immer konsequenter in diesem Geist zu leben, nicht die täglichen Routinen und vermeintlichen Zwänge als Hintertüren zu nutzen. Der erste Johannesbrief bringt es ja unmissverständlich zum Ausdruck: „Die Botschaft, die ihr von Anfang an gehört habt, sollt ihr im Inneren bewahren. Wenn ihr das bewahrt, was ihr von Anfang an gehört habt, könnt ihr gewiss sein: Ihr werdet mit dem Sohn und dem Vater verbunden bleiben" (1 Joh 2,24).

Ich kann heute gut mit der Begrenztheit und den Herausforderungen des Alltags, im privaten Raum oder auch in der Ortsgemeinde leben, wenn ich meinen Weg, den ich gefunden habe auch selbstständig, d. h. dem guten Geist folgend, gehe, meine spirituelle Eigenständigkeit bewahre und mich an den richtigen Stellen auch deutlich abgrenze. Vielleicht ist man in den sozialen Bezügen des Alltags zu oft geneigt, nicht nur auf der weltlichen Beziehungsebene, sondern auch spirituell faule Kompromisse zu machen und weltlichen Maßstäben nachzugeben (vgl. Mk 8,36).

Rückblickend stand ich Anfang 2019, nach den vielfältigen Stationen meiner Pilgereise, wohl an einer Wegkreuzung. Es gab keine Hinweisschilder oder Berater, eher einen inneren Kompass, den ich schon während der eingangs geschilderten Segeltörns spüren durfte und der mich nun intuitiv hat den richtigen Weg einschlagen lassen. Er führte in den im Frühjahr des Jahres beginnenden Ausbildungskurs zur Sterbebegleitung. So begegneten mir wieder meine Themen „Begrenztheit und Herausforderung des Lebens“. Nun aber auf einem würdevollen Weg.

Manchmal bewegen sich ja Entwicklungen unbemerkt aufeinander zu. Man mag es Zufall, Schicksal oder Fügung nennen. Im Februar 2019 reifte der Gedanke, diese Ausbildung zu beginnen, im März war klar, der Kurs wird stattfinden und ich bekomme einen Platz. Wenige Tage später, Anfang April, erlitt meine Mutter, die seit dem Tod meines Vater 2013 allein in Braunschweig lebte, einen Herzinfarkt und verbrachte drei Wochen auf der Intensivstation. Die Ärzte wagten aufgrund ihres kritischen Zustandes nicht den eigentlich notwenigen Eingriff per Herzkatheter.

Für mich war diese Zeit, täglich an ihrer Seite, eine Herzensangelegenheit: Sitze ich bei ihr am Kranken- oder am Sterbebett? Von Herz zu Herz. Auch sie wollte leben und zurück in ihre Wohnung. Der Schlaganfall Wochen später in der als Rehabilitationsphase angedachten Kurzzeitpflege, von dem sie sich überraschend schnell erholte, ließ aber dennoch die Hoffnung auf die Rückkehr in die eigene Wohnung zerfließen. Die nun bittere Zukunft verhieß ihr einen Platz in einer Altenpflegeeinrichtung in Braunschweig und später den Umzug in eine Einrichtung in Erkelenz in unserer Nähe. Sie spricht heute von ihrem neuen Zuhause, das sie dort gefunden hat. So habe auch ich wieder einmal die Erfahrung machen dürfen: Herzensangelegenheiten und liebevoller familiärer Zusammenhalt befruchten sich wechselseitig; ein Erfolgsrezept.

Im Rahmen der Ausbildung zum Sterbebegleiter war im Sommer 2019 ein Praktikum vorgesehen, und ich hatte das Glück, meine ersten Erfahrungen im stationären Hospiz des Herrmann-Josef-Krankenhauses in Erkelenz sammeln dürfen. Es war eine unschätzbar wertvolle Zeit. Und obwohl oft mehrmals in der Woche ein Mensch verstirbt, ist es ein Ort voller Lebendigkeit: Würde, Wertschätzung, Herzlichkeit, Anerkennung gelebtes Leben und pure Gegenwart in Leid und Hoffnung. Der Gegenentwurf zu jeglichem Klinikbetrieb. Ein Mensch ruft, und egal welches Bedürfnis in einem Augenblick wahrgenommen werden möchte, es ist immer jemand präsent, der sich die Zeit nimmt und versucht, es zu erfüllen. Wenn man es so bezeichnen mag: Es findet sich immer ein passender Mantel, dem man dem Rufenden im entscheidenden Augenblick anbieten und umlegen kann; palliativ im guten Sinne.

Den Klinikbetrieb hatte ich noch gut in Erinnerung. Gut vier Jahre lang hatte ich Anfang der achtziger Jahre mein Studium als Pflegehelfer im Krankenhaus in Wochenend- und Nachtschichten mitfinanziert. Der Umgang mit Sterbenden oder verstorbenen Patienten war absolut inakzeptabel. Mag die Krankheit diesen Menschen schon schwer zugesetzt haben, ihre Würde hat ihnen die Krankenhausroutine in den letzten Stunden ihres Lebens genommen. Damals setzte sich wohl bereits in mir eine Überzeugung fest: Es muss auch anders gehen!

Tätig bin ich nun in der ambulanten Hospizarbeit bei „Regenbogen e. V.", einem ökumenisch ausgerichteten Dienst in unserer

Region. Ich begleite Menschen und ihre Angehörige in häuslicher Umgebung oder ein Pflegeeinrichtungen, wo diese Menschen für ihre letzte Wegstrecke ein Zuhause gefunden haben.

Und hier erschließen sich mit jeder Begleitung immer wieder vollkommen neue Erfahrungsräume und Begegnungen. Sicher gehört dazu die Begleitung einer hochbetagten Dame, die ihre letzten zwei Lebensjahre in einer gerontologischen Pflegeeinrichtung verbrachte. Zum Sprechen fehlte ihr bereits die Kraft, doch ihre Mimik und ihre Augenbewegungen waren in den drei Wochen meiner Begleitung sehr ausdrucksstark, so dass ich hoffen konnte, ihr ein guter Begleiter zu sein. Sie fand Halt in ihrem Glauben. Im gemeinsamen Gebet (laut) und bei den kleinen Lesungen in der Bibel bewegten und leuchteten oft große Augen. Und trotzdem war ihr Blick oft auch schläfrig, irritiert und vielleicht von Ungewissheit geprägt. Wo lag die Schnittmenge des Erlebten, des Interpretierten und des Gemeinsamen in dieser Begleitung?

Jede neue Begleitung hilft, an dem letzten Rest Ungewissheit zu lernen, gerade wenn das normale, verbal geprägte Gespräch nicht mehr möglich ist, Unsicherheit abzulegen ohne Routine zu entwickeln. Und gleichzeitig mahnt diese Unsicherheit zu Behutsamkeit. Jede Begleitung und jeder einzelne Besuchskontakt sind eine neue Annäherung! Mir hilft ein kleines, stilles Gebet jeweils zu Beginn: *Herr, hier stehe ich, vor dir, offen und ohne Plan, aber in der Gewissheit deiner Anwesenheit, deines Schutzes, in diesem Augenblick und in Ewigkeit. Amen.*

Ich bin froh, dass ich in der Ausbildung an meinem Selbstverständnis gearbeitet habe und dies auch deutlich mache: Ich verstehe mich als spirituellen Begleiter im Handlungsfeld der Trauer- und Sterbebegleitung – für den kranken und sterbenden Menschen und seine Angehörigen. Die Ausbildungsinhalte behandelten vorrangig die körperlichen, psychologischen und sozialen Dimensionen von Krankheit und Sterbeprozessen, was für die Begleitung auch unabdingbar ist. Das Spirituelle spielte in den Modulen eher eine untergeordnete Rolle. Es darf aber nicht aus dem Blick geraten, denn auch wenn ein Mensch sich vom Glauben abwendet, in der Krankheit hier keinen Halt mehr findet, schimmert es zumindest durch oder manifestiert sich gar in Angst oder Hoffnung – verlangt Beachtung. Für den Sterbenden wie für die Angehörigen.

Die allgemein verbreitete Unsicherheit, wie man angemessen mit Spiritualität und Religiosität umgeht, auch wenn Menschen sich nicht als religiös bezeichnen, war auch in den Kurseinheiten spürbar, führte aber eher zu Ausweichbewegungen. Wieviel einfacher wäre doch das offene Gespräch darüber, um sich zu vergewissern, ob, was und wie der andere Mensch glaubt oder auch nicht glaubt. Unsere vielfältigen Glaubens- und Lebenswege würden sich vertiefen und festigen: In Würde endlich leben – für den Sterbenden und seine Angehörigen bestimmt der bessere Weg; gehen und gehen lassen.

Vielleicht wird es nur sehr selten vorkommen, dass ein zu begleitender Mensch am Lebensende so fest im Glauben steht, Halt findet, sich auf Gebet und Bibel auch in diesem Lebensabschnitt einlässt, wie die erwähnte Dame. Für mich gebührt dem Geistigen / Geistlichen eine hohe und stetige Aufmerksamkeit: wahrnehmen, zuhören, spüren, achtsam sein für die inneren und äußeren Regungen eines Menschen – gerade in der letzten Lebensphase in dieser Welt. Ohne den jeweiligen Menschen zu drängen. Es bleibt Begleitung.

Von *Peter Feichtinger* (Der Tod ist die Krönung des Lebens, 2012) gibt es ein kleines Gedicht zur Einstimmung auf einen Besuch bei einem Sterbenden: „Bis zum Tor möchte ich Dich begleiten. Meine Hand, die Wärme meiner Hand will ich Dich spüren lassen, meine Schritte sollen die Deinen sein. Bis zum Tor möchte ich Dich begleiten. Mein Herzschlag und mein Atem sollen sich mit Deinem vereinen. Gemeinsam wollen wir den Weg gehen. Doch nur bis zum Tor kann ich Dich begleiten, dann musst Du den Weg allein gehen. Den letzten und den ersten Schritt musst Du allein gehen. Nur bis zum Tor kann ich Dich begleiten."

„Den letzten und den ersten Schritt" habe ich für mich ergänzt: Dass dein Herz und dein Atem sich mit SEINEM vereinen.

Der Hospizträger bietet regelmäßig Fortbildung, Praxisbegleitung und Supervision an. Aber ich verstehe mich als Geistlicher Begleiter und suche mir daher auch geistliche Begleitung. Und so es war eine gute Entscheidung, Burkhard Seidlitz um diese Begleitung zu bitten. Wir sind die letzten Jahre die eine oder andere Wegstrecke schon gemeinsam gegangen, und seine Sichtweisen und Erfahrungen in der Leitung und Entwicklung des Christus Centrums in Kempen sind mir Gewähr für eine gute Beratung. In der Hospizarbeit geht es mir insbesondere auch darum, meine Eigenständigkeit und Freiheit als Geistlicher Begleiter zu wahren (vgl. Galater 5,1). Mein bewährter Lehrsatz aus meiner beruflichen Tätigkeit bewährt sich auch jetzt in meinem neuen Aufgabenfeld: Haltung > Verhalten > Handlung > Wirkung.

Ich erlebe die vom Hospizträger angebotene Praxisberatung und Supervision als sehr hilfreich. Aber die Erfahrungen, die ich in der Begleitung mache, versuche ich auch immer wieder von Zeit zu Zeit in einigen grundsätzlichen Gedanken für mein weiteres Handeln festzuhalten.

Die Begleitsituation hat viel mit Freiheit zu tun. Es sind ja eigentlich immer Begegnungen aus freien Stücken; auf beiden Seiten. Und es sind immer Gesprächskontakte einer ganz besonderen Art und Weise. Auch wenn wir schweigen, machen wir uns Gedanken, versuchen die Gefühle, Stimmungen und Lebensäußerungen unseres Gegenübers – und unsere eigenen! – wahrzunehmen, zu verstehen, zu verarbeiten und zu reagieren, damit gute und förderliche Wirkungen eintreten.

Es sind geistlich-seelische, intuitive Prozesse, in die wir uns hineinbegeben. Man versucht stark und souverän zu sein. Und trotzdem: Irgendwie begegnen sich doch bei jedem Kontakt immer zwei menschliche Geschöpfe in ihrer Hilf- und Hoffnungslosigkeit, in der Unabwendbarkeit des Lebensendes. Und egal was ich mir vornehme, es zerbrechen erst einmal jedwede geartete, private oder professionelle, Helferkonzepte, mit denen ich, bewusst oder unbewusst, zu diesem Menschen gekommen bin.

Und der Spiegel, der mir in der Begleitsituation hingehalten wird, lässt auch nicht die kleinsten narzisstischen Züge zu, ist desillusionierend und gleichzeitig vollkommen klar: Dieser Mensch wirft mich auf mich zurück, verweist mich auf meine/n eigene/n Schwäche, Endlichkeit, Ängste und Hoffnungen – ist mir in den nächsten Wochen, Tagen und Stunden der Begleitung immer einen Schritt voraus.

So schaffen letztendlich meine Bemühungen des aufmerksamen Zuhörens, des zugewandten Gesprächs oder der schlichten schweigenden Präsenz in gewisser Weise nur einen Rahmen und eine Atmosphäre, um überhaupt wahrzunehmen, wo dieser Mensch gerade steht und ich mich als Begleiter nähern kann bzw. wir uns begegnen können. Und ich muss mich bei jedem Besuchskontakt, ja wahrscheinlich in der jeweiligen Zeit immer wieder neu vergewissern, was dieser Mensch in diesem Augenblick möchte, ob und wie ich ihn unterstützen oder begleiten kann. Es bleibt in diesem Sinn immer (nur) ein Annäherungsprozess.

In diesen Situationen entsteht für mich etwas, was über das landläufige Mitgefühl oder eine professionelle Empathie hinausgeht. Es ist so etwas wie mit-fühlen und mit-leiden im guten Sinne, bewusst nicht „Mitleid“, sondern „Leid-mit-tragen“, bewusst in

Verbform: mit-tragen und damit dem anderen im nächsten Augenblick etwas von seiner Last ab-nehmen und ihm den nächsten Schritt er-leichtern. Nächster sein!

Liegt dann vielleicht die spirituelle Essenz in der Überlieferung von Lukas 10,25ff. nicht nur in der Person des helfenden Samariters, sondern darin, dass er von dem darniederliegenden Menschen als „der ihm am nächsten stehende ..." erkannt wurde? Und bedurfte es überhaupt eines Hilferufes? Er ist im Gegensatz zu vielen anderen Überlieferungen (so z. B. in Lk 17,13: Jesus, Meister, hab' Mitleid mit uns!) hier nicht überliefert.

Was löste also beim Samariter das Handeln aus? Die Situation, in der sich der Hilfsbedürftige befand, hat er schnell erkannt und das Leid gespürt – sich irgendwie „dort liegen gesehen". Das haben sicher auch Priester und Levit, doch versperrten die Gesetze der Wahrnehmung den Weg in ihre Herzen. Auch den Samariter hatte in seinem Innersten, in seinem Herzen, vor dem Erkennen, dem Betrachten, dem Analysieren der Situation, dem Schlüsse ziehen etc., bereits ein Ruf erreicht, der keiner expliziten, verbalen Bitte um Hilfe bedurfte, ihn aber unmittelbar als den Nächsten traf – weil er frei war.

Ein Ruf, der auch uns nicht über den üblichen Verstand erreicht, sondern unmittelbar ins Herz trifft – unsere Grundhaltung berührt, der wider jegliche Alltagserfahrung kaum Worte, Gestik, Mimik etc. bedarf und auch nicht viel des Nachdenkens benötigt, um Ver-Antwort-ung zu übernehmen. Seit Paulus hoffen und hadern wir mit der Frage, wann Er wiederkommt. Könnte es nicht sein, dass wir mit unserem verantwortungsvollen Handeln mittendrin sind in dem, was Jesaja in 43,19 beschreibt: „Denn siehe, ich will ein Neues schaffen, jetzt wächst es auf, erkennt ihr's denn nicht?" Und verhaften wir nicht viel zu oft in der Vergangenheit, in den Erfahrungen, in denen es uns (heilsam zu wirken ...) nicht gelungen ist und verlieren den Mut für eine andere Zukunft? In diesem Wirkungsfeld dürfen wir uns bewusst machen: „Wenn jemand zu Christus gehört, gehört er schon zur neuen Schöpfung. Das Alte ist vergangen. Seht doch! Etwas Neues ist entstanden!" (2 Kor 5,17)

Priester und Levit ist kein Vorwurf zu machen. Sie waren im Sinne von Gal 5,1 eben nicht „kompetent" – es lag nicht in ihrer Freiheit, blieben ihrem strengen Gesetz eng verbunden. Doch für uns gilt: „Christus hat uns befreit, damit wir endgültig frei sind. Bleibt also standhaft und unterwerft euch nicht wieder dem Joch der Knechtschaft!" Hier erwächst nicht einfach Freiheit für irgendetwas, sondern Verantwortung und eine stetige spirituelle Grundbewegung und Hinwendung zum anderen Menschen.

Zudem, wenn wir das Gleichnis noch einmal gewissenhaft lesen: Über den Hilfsbedürftigen erfahren wir relativ wenig. Und es ist auch nicht die Rede davon, dass er dem Samariter gedankt oder zu Dank verpflichtet gewesen sei. Vielleicht ist die menschliche Zuwendung nur dann heilsam, wenn sie sich von jeglicher Dankverpflichtung befreit. Und wenn Dank, so gebührt sie IHM, in dessen Wirkungsfeld ich mich bewegen darf!

Vielleicht darf man so den guten Geist als Balsam für die Seele und für den Körper erleben oder wie es im ersten Johannesbrief 2,27 überliefert ist: „Aber ihr habt von Christus die Salbung empfangen, und diese Salbung bleibt in euch erhalten." Und durch die Weitergabe bleiben Samariter und Hilfsbedürftiger mit Gott verbunden, „... so wie die Salbung es euch gelehrt hat".

Ich habe weiter oben von spiritueller Begrenztheit in meiner Ortsgemeinde gesprochen. Schon der Besuchsdienst der Kirchengemeinde, in dem ich tätig bin, ringt mit seiner spirituellen Sinnstiftung bzw. mit dem Dienst am Mitmenschen, aber mit dem Plus, das uns Christen doch von anderen sozialen Diensten unterscheidet. Was haben aber die Kirchen, sei es aus dogmatischen oder pragmatischen Gründen, doch mit dem Verzicht auf das Sakrament der Krankensalbung erst alles aufgegeben.

Im Sinne von Martin Buber (1979) gilt dann trotzdem im sogenannten Alltag, vor dem man allzu oft und schnell kapituliert, „auf Empfang" bleiben: „Die Zeichen der Anrede sind nicht etwas Außerordentliches, etwas was aus der Ordnung der Dinge tritt, sie sind eben das, was sich je und je begibt, eben das, was sich ohnehin begibt, durch die Anrede kommt nichts hinzu. Die Ätherwellen brausen immer, aber wir haben zumeist unseren Empfänger abgestellt. Und was mir widerfährt ist Anrede an mich" (Das Dialogische Prinzip, S. 154).

Das Tor steht immer weit offen

Die Arbeit an meiner Biografie entwickelte sich in den Wochen des Schreibens zu einem Lebensresümee, dem ich mich offensichtlich jetzt stellen durfte – und das begreife ich als ein göttliches Geschenk. Bei der Arbeit kam nie Endzeitstimmung auf, sondern es wurde eine Entdeckungsreise, eine Auseinandersetzung mit mir, auch mit meinem Hadern mit IHM, wodurch ich aber immer wieder auf mich zurückgeworfen wurde; Klärung tat Not. Sie wirkte befreiend!

Als ich Anfang 2016 mit dem Leiterkurs „Spiritualität" begann, ahnte ich nicht, wie grundlegend und gleichzeitig fruchtbar die damals vor mir liegende Zeit werden sollte. Paul Imhofs Vorschlag während der Exerzitien (2019), meine Abschlussarbeit zum Spiritual als Biografie zu verfassen, kam zum richtigen Zeitpunkt. Sie wurde zu einem Aufbruch in einen neuen Lebensabschnitt, angefüllt mit neuen Inhalten, Aufgaben und Beziehungen. Vielleicht noch wichtiger: Ich fühle ich mich heute in einem völlig neuen Rhythmus getragen.

Die 2014 getroffene Entscheidung, mit 63 Jahren aus dem aktiven Berufsleben auszuscheiden, war damals noch von einer eher vagen Hoffnung getragen, dass sich nach einem schnelllebigen, immer ans Limit gehenden Arbeitsleben doch noch ein sinnstiftender Lebensabschnitt anschließen würde. Diese Hoffnung hat sich mehr als erfüllt. Ich durfte also meinem damaligen Herzenswunsch trauen.

Reisen an sich hatte mich ja schon früh in den Bann gezogen: Land und Leute, Kultur und Geschichte. Auf dem Schwanberg begann aber wohl eine besondere Reise, die in vielerlei Hinsicht Ausgrabungsarbeiten ermöglichte – Schätze wurde gehoben.

So auch im spirituellen Rückgriff auf Griechenland, das Antike und das gegenwärtige Land, seine Geschichte und Mythologie. Chronos und Kairos hatten es mir schon früher besonders angetan, und meine Segeljolle hatte ich vor Jahren auf „Καιρός“ getauft. In deren Spannung landete ich auch schon früher im alttestamentarischen „Alles hat seine Zeit“ (Kohelet 3), ohne damit umgehen zu können.

Wie gehe ich heute, vier Jahre später, mit meiner Zeit um? Wie beginne ich ein neues Kalenderjahr, ein weiteres Lebensjahr, ich stehe im 67. Lebensjahr? Letztendlich: Wie gehe ich in jeden neuen Tag? Heute begreife ich meine Zeit nicht mehr als einen der Alltagsroutine ausgelieferten Ablauf, dem ich unterliege, dem ich mehr oder minder machtlos ausgeliefert bin. Gut, ich muss mich auch diesem Alltag täglich stellen. Aber ich lebe heute in dem Gefühl einer immerwährenden Chance des Neubeginns.

Ich begreife vielleicht noch nicht in letzter Konsequenz, was das anhaltende Schöpfungsgeschehen auch für mich bedeutet, vielleicht bleibt uns Menschen das letztendlich in unserer kurzem Zeit in dieser Welt auch als großes Mysterium rätselhaft, aber für mich ist es der Ruf und die Aufforderung des jeweils neuen Tages geworden: der jeweils achte Tag, die unerschöpfliche Teilhabemöglichkeit, der Aufruf zur Mitgestaltung und Mitverantwortung in diesem unaufhörlichen, fortwährenden und ewiglichen Prozess Leben!

Und dieser neue Zugang zu Zeit hat mir in diesem Jahr, und das ist auf meinem Glaubens- und Lebensweg mein persönlicher „Quantensprung“, erstmals einen tieferen Zugang zum Ostergeschehen ermöglicht; ein Mehr an Leben.

Wie oft sagt man „... sein Kreuz auf sich nehmen!“ und verharrt am / beim Kruzifix. Ich habe es wahrscheinlich bisher nur als das Martyrium des Lebens über das Sterben in den Tod begriffen –

man fällt quasi in den Tod. Auferweckung und Auferstehung blieben unfassbar, unbegreiflich – geschehen in dieser Welt und doch nicht. So habe ich offensichtlich angesichts meiner diversen Lebenskrisen viele Jahrzehnte gelebt, obwohl doch auch mir Heilsames durch Christus bereits zugesagt war.

Oder mit den Worten des Apostel Paulus im Epheserbrief 2, 17-18: „Er kam und verkündete Frieden: Frieden für euch in der Ferne und Frieden für die in der Nähe. Denn durch ihn haben wir alle Zugang zum Vater, weil wir einen Geist empfangen haben." Aus Hoffnung darf also Gewissheit werden – das Vertrauen in Gott ist heute mein „Mehr an Leben"!

Das Kreuz verlor seinen Schrecken. Eindrucksvoll erlebte ich die befreiende Symbolkraft 2017 auf der Armenienreise. Armenien bekannte sich Anfang des vierten Jahrhunderts als erster Staat zum Christentum. Die damaligen ersten Christen haben offensichtlich das Erlösende direkt erkannt, und im Verständnis ihrer armenisch-apostolischen Kirche wurde das Holzkreuz, bis dahin Symbol für Folter und Sterben, zum Knospenkreuz: Der todbringende Balken erwacht mit der Auferstehung zu neuem Leben, trägt wieder Früchte und Schöpfung erneuert sich stetig. Der Khatchkar von Sevan setzt es ins Bild (s. o. S. 29): Das zu neuem Leben erwachte Holz, die natürliche Schöpfung, und die Erlösung unserer spirituellen Ahnen, Adam und Eva, aus dem Hades werden im Akt des Aufrichtens eins. Der Auferstandene erlöst, befreit sie und stellvertretend auch uns – jegliche Schuld ist vergeben, und die Trennung ist überwunden. Christus macht für alle Menschen den Weg frei, und wir dürfen erkennen und bekennen: „... aufgefahren in den Himmel; er sitzt zur Rechten Gottes."

Schon ein Jahr vorher, 2016, begegnete ich einem ganz besonderen Kreuz auf einer Wanderung im Tal der Wupper zwischen Wuppertal und Schloss Burg neben der dortigen Ev. Kirche:

Vielleicht nach einem Blitzeinschlag hatte man den Baum nicht einfach zu einem Kreuz gesägt, sondern es quasi über sein Negativ eindrucksvoll in Szene gesetzt: mit eindeutiger, richtungsweisender Offenheit und Wirkung. Sinnbild von Vergänglichkeit und Hoffnung!

Vergänglichkeit und Hoffnung durchkreuzten auch mein Leben immer wieder. Aber der Schnittpunkt des Kreuzes berührt, wird zum Augenblick des Innehaltens und lenkt den Blick nach oben. Wie ich, so wird auch dieser Baum, dieses Kreuz irgendwann nicht mehr existieren, aber in der Vergänglichkeit wird der Weg frei, so wie es das Baumkreuz der Ev. Kirche an der Wupper heute schon ahnen lässt.

Und diese Ahnung führt mich weit zurück und zu meiner Taufe. Natürlich erinnere ich mich an sie nicht bewusst, da ich erst wenige Monate alt war. Ich hatte aber auch nie eine Beziehung dazu und kannte bis vor wenigen Monaten nicht einmal den Taufspruch, den meine Eltern ausgewählt hatten. Vielleicht war die Taufe für meine Eltern eher Brauch dörflicher Tradition, Gefühl und Absicht, mich mit der Taufe in die Familie aufzunehmen?

Welch ein Glück, dass meine Mutter noch lebt. So konnte ich sie nach meinem Taufspruch fragen, denn eine Taufbescheinigung existiert nicht mehr. Erinnerung ist mächtig: Meine Eltern wählten einen Taufspruch aus der Offenbarung (2,10b), dem Sendeschreiben an die Gemeinde in Smyrna.

Und es war der Trauspruch meiner Eltern, den sie für meine Taufe und zwei Jahre später ebenfalls für meine Schwester gewählt haben. Ein besonderes Band in unserer Familie.

Mir hat er sicher Kraft verliehen, zu einem Zeitpunkt, wo der Krebs – unerkannt – bereits in meinem Körper Einzug gehalten hatte:

HAHAUSEN (Harz) Ev.-Luth. Kirche und Ehrenmal

"SEI GETREU BIS IN DEN TOD, SO WILL ICH DIR DIE KRONE DES LEBENS GEBEN!"

Der Satz in der Fassung der damaligen Bibelausgabe wirkte für mich dann doch auf den ersten Eindruck befremdlich; vielleicht im Kontext der damaligen Zeit.

In der heutigen Fassung der Basisbibel liest er sich wie eine Folie meines bisherigen Lebens: „Hab keine Angst vor dem Leiden, das dir noch bevorsteht. Sieh doch! Der Teufel beabsichtigt einige von euch ins Gefängnis zu werfen. Denn er will euch auf die Probe stellen. Zehn Tage lang müsst ihr Leid ertragen. Bleib treu, auch wenn es dich das Leben kostet. Dann werde ich dir als Siegeskranz das ewige Leben geben."

Für mich wurde er meine Hoffnung und Gewissheit: ER muss mir damals offensichtlich einen mächtigen Engel an meine Seite gestellt haben, um Taufe und Leben seinen tiefen Sinn zu verleihen – mit Jesus Christus untergehen, mit ihm wieder neu geboren auftauchen, Krisen überwinden und immer wieder neu leben; innerer Reichtum trotz äußerer Bedrängnis.

Die Kernaussage des Sendeschreibens an die Gemeinde in Smyrna war mir also in die Wiege gelegt, und trotzdem sollte es 60 Jahre dauern, bis mir meine einjährige Pilgerreise durch die Offenbarung mit Stefan Sedlacek überhaupt einen tieferen Zugang zu mir und zur Heiligen Schrift ermöglichen sollte.

Und als im Herbst 2019 Ulrike und ich Paul Imhof bitten, uns auf der damals geplanten und bedingt durch die Corona-Pandemie auf 2021 verschobenen Studienreise nach Kleinasien zu den sieben Gemeinden zu trauen, schlägt er uns vor, die Trauung in Ephesus zu vollziehen. Wie schnell sagt man: Zufall. Aber offensichtlich war es bis heute mein stiller Lebensplan. In heutiger Erkenntnis und Gewissheit mag ich warten und mich auf die Trauung im nächsten Jahr freuen. Welch ein Glück!

So gab es im Frühjahr 2020 eine Zeit des Wartens: Entspannt sich die Corona-Pandemie, werden Reisebeschränkungen aufgehoben, kann die Reise in die Türkei stattfinden? Ulrike und ich haben sie für unsere Trauung gut genutzt, viele gute Gespräche, in denen ER sehr präsent war und uns geholfen hat, einige Zeilen niederzuschreiben: „Es ist uns sehr deutlich geworden, dass wir uns als Ehepaar mit unseren Haltungen, Werten und Vorstellungen durch eine christliche Trauung, zu der wir uns nun entschieden haben und die zu einem gemeinsamen Herzenswunsch geworden ist, auf einen ganz besonderen Weg begeben – uns als liebende Menschen von Gott getragen begreifen und uns leiten lassen. Unsere Trauung wird ein aktives Bekenntnis, unser Leben in seinem Geist zu gestalten. Wir haben 2012 standesamtlich geheiratet und die Zeit bis heute wohl auch gebraucht, jeder für sich, wir gemeinsam, um Inhalt und Form zu finden. Auf unseren Glaubenswegen kommen wir ja wohl eh nie zu einem Ende. Das Ziel im Herzen und vor Augen müssen wir vielleicht auch immer mal wieder Umwege gehen und Hindernisse überwinden, aber eben auch immer neue Etappen und Stationen entdecken, an denen wir verweilen können – um aufzutanken und um sich zu vergewissern.

So haben bestimmte Bilder für uns große Bedeutung gewonnen. Insbesondere die des Psalm 23, der unsere Lebenswege nachzeichnet und uns Gewissheit gibt, dass Gott uns als unser Hirte auf unseren Weg immer zur Seite stehen wird. Er sorgt für unser Wohlergehen in wirklich allen Lebensbereichen. Weiden und Wasserstellen begegnen uns, wo wir sie vielleicht gar nicht erwartet haben, Er sorgt für unsere Seele – führt uns durchs Leben, ist in Not an unserer Seite, schätzt uns als Mensch und liebt uns ganz einfach. Was ist eigentlich sonst noch wichtig für ein gelungenes Leben?

Diese Orientierung erfahren wir als einzelne Individuen, oft nur im Rückblick, aber immer mehr auch als Herzensanliegen: als Ehepaar gemeinsam unterwegs zu sein. Vielleicht auch deswegen immer bewusster und gewollter, weil wir uns weit in der sogenannten zweiten Lebenshälfte befinden, unsere vier Kinder, zwei plus zwei aus unseren vorangegangenen Ehen, erwachsen sind, ihre jeweils eigenen Lebenswege gefunden haben, unser Berufsleben abgeschlossen ist bzw. sich absehbar seinem Ende neigt. Gibt es etwas Größeres, als an diesem Punkt angekommen zu sein und ihn als sinnstiftenden Aufbruch zu begreifen? Wenn wir nun vom gemeinsamen Lebensweg als Ehepaar sprechen, sehen wir, nein, begreifen wir immer mehr das Tor, das Johannes in einer Überlieferung uns aufzeigt und in dem Jesus uns Menschen sich als Sinnbild und Weg, eben als der Christus offenbart. Wir sehen uns in einem offenen Torbogen, der im Gegensatz zu einer steinernen, eckigen, kantigen Tür, groß und weit ist, sich auch für zwei Menschen weiten wird, um wohlgeleitet weiterhin gemeinsam unterwegs zu sein. Und es entsteht ein Bild in Bewegung, Gefühl und Gewissheit, dass wir durch dieses Tor sowohl hinein, als auch hinausgehen können, eine gute Weide finden und gerettet werden. Das, was wir aus dem gesprochenen Wort machen (Joh 10,9), ist unser Weg.

Wir haben in vielen gemeinsamen Gesprächen gemerkt, dass wir, eingebunden in dieser Welt und Zeit lebend, uns aus oft schwierigen Geschehen nicht einfach herausnehmen können. Aber wir bewältigen es immer wieder im guten Sinne. Durch dieses Tor ein- und ausgehen, gibt Orientierung, lässt Kraft schöpfen, Wegzehrung finden und unser Leben gelingen. Und wie es auf einem als schön erlebten Weg nun einmal ist, man geht ihn nicht nur einmal, sondern immer öfter, man lernt ihn immer besser kennen, man vertraut ihm, wächst in ihn hinein. Ein Weg mit einem solchem Tor ist Gewissheit, dass man wahrscheinlich in allen weltlichen Lebenssituationen, den guten und den weniger guten, geleitet und behütet ist. Wir wissen, Gott ist bei uns und führt uns durch Leben. Ein schöner und kraftgebender Gedanke, dem wir durch unsere christliche Trauung nun Ausdruck verleihen."

Mein persönlicher Pilgerweg und besonders das Schreiben an meiner Biografie klärte meine innere Haltung und weckte bisher unbekannte Wünsche für mein Leben mit Ulrike. Das weltliche Ja im Standesamt war mir früher genug. Und doch blieb zweimal, auch in meiner nun sehr glücklichen Ehe mit Ulrike, ein Rest – etwas Wesentliches blieb offen. Es darf sich jetzt füllen!

Daran hat die Biografiearbeit wesentlich Anteil: Sie ist (Re-) Inspiration, lebensstiftend. Das Aufrufen von Ereignissen, sich immer wieder in den gelebten Fluss zu begeben, sich für eine Zeit wieder treiben und Leben spürbar werden zu lassen. Und immer wieder Teile bzw. Zusammenhänge zu entdecken, die mir ohne diese Zeit sicher verschlossen geblieben wären.

Wenn ich mir den brennenden, nicht verbrennenden Dornbusch (Ex 3,13) vergegenwärtige, Moses Hadern, Zweifeln, seine Mutlosigkeit – fünfmal versucht er sich der Verantwortung zu entziehen: Wie viele Gelegenheiten habe ich verstreichen lassen, habe mich davon gemacht und nicht die gebotene Verantwortung übernommen?

Und doch wuchs wie der Keimling eines Senfkorns in mir die Gewissheit: Ja, das bin ich. Und das ist gut so. Ohne „ER in mir und ich in IHM" wäre ich nicht zu dem Menschen geworden, der ich heute bin. Diese Erkenntnis ist so etwas wie ein großer, allumfassender Friedensschluss; aufhören zu kämpfen.

Die Corona-Pandemie bzw. das Krisenmanagement 2020 hat mir sehr deutlich werden lassen, wer oder was vermeintlich systemrelevant ist. Die öffentliche Ausübung des Glaubens im Gottesdienst war es offensichtlich nicht, was ich aber für uns als Christen – für mich persönlich – durchaus als Chance begreifen konnte: Aufhören zu funktionieren und in dem Rahmen, der mir gegeben ist bzw. den ich mir friedfertig erschließen kann, durch mein verantwortungsvolles Handeln etwas Menschlichkeit im Sinne und im Auftrag unserer Botschaft deutlich werden zu lassen.

Die Spannung, die *Chronos*, der im römisch-germanischen *Terminus* quasi seine Macht wiedergefunden und sich in der vermeintlichen Unverrückbarkeit von unwürdigen Grenzen, Ordnungen, Zeiten, Begriffen etc. vollendet glaubt und die ganze Welt unterjocht, bleibt. Aber als dämonische Macht auch unserer Zeit identifiziert, lässt sich mit dem Geist unserer Guten Botschaft und dem, was wir mit ihr bewirken, gewaltfrei etwas entgegensetzen.

Irgendwann im letzten Jahr wurde mir klar, dass meine Jolle und der „Καιρός-Schriftzug" auf ihr nur Fluchtpunkt und Hoffnungslosigkeit symbolisieren; zum Alibi verkümmern – wenn ich es nicht schaffe, mir eine neue Alltags- und Zeitstruktur zu geben.

Aus den damaligen Segeltörns mit Harald Vogt und den Männern ist mir die kleine Geschichte, die Antoine de Saint-Exupéry zugeschrieben wird, noch in guter Erinnerung: Wenn Du ein Schiff bauen willst, dann trommle nicht Männer zusammen, um Holz zu beschaffen, Aufgaben zu vergeben und die Arbeit einzuteilen, sondern lehre die Männer die Sehnsucht nach dem weiten, endlosen Meer.

Bilder wie dieses oder auch Willigis Jägers „Die Welle ist das Meer" sind vielleicht nur halbherzige Versuche etwas zu begreifen, was wir letztendlich nicht begreifen können, und Sehnsucht ist letztendlich auch meine Triebfeder, diese Welt und Zeit zu begreifen und ihr etwas entgegenzusetzen.

Die einjährigen Online-Exerzitien 2018/19 mit Stefan Sedlacek durch die Johannesoffenbarung, von Himmelfahrt bis Pfingsten, wurden für mich immer mehr zum Arbeiten an einer neuen Alltagsstruktur, quasi Blaupause für: Wie nutze ich meine Zeit, wie teile ich mir sie im guten und förderlichen Sinn ein. Im Kleinen ist es das tägliche Lesen in der Heiligen Schrift nach der Leseordnung geworden, das in ein kurzes Innehalten und Gebet mündet, bevor der Tag an Fahrt gewinnt.

Die Fastenzeit in diesem Jahr (2020) bekam für mich dadurch erstmals überhaupt eine eigenständige Qualität. Die Johannesoffenbarung war gleichsam Kompass und inhaltliche Auseinandersetzung, verliehen diesen Wochen einen neuen Sinn, der sich mir in der Vergangenheit durch den herkömmlichen Verzicht bisher nie richtig erschlossen hatte. Die Zeitstrukturen aus den Exerzitien waren mir dabei sehr hilfreich, auch wenn sie sich im Alltag nicht annähernd in reiner Form realisieren ließen. Mein neuer Umgang mit der Fastenzeit ist im wahrsten Sinne zukunftsweisend, bietet er mir doch nun jedes Jahr die Möglichkeit zu einer inneren Generalinventur, eine immer wiederkehrende Zeit des Innehaltens, der Reflexion der Erneuerung: Altes, was für den jeweils bevorstehenden Lebensabschnitt nicht mehr notwendig ist oder vielleicht hemmend sein könnte, kann ich zurücklassen. Ich werde diese Praxis sicher in den kommenden Jahren beibehalten, und eine bessere Einstimmung auf das Ostergeschehen – und darüber hinaus – kann es kaum geben.

Es sollte in diesem Jahr auch eine Zeit der Entscheidung werden. Die heilen oder in Heilung begriffenen Teile in mir verlangten Beachtung. Das betraf insbesondere meine Rolle und Funktion in der Ev. Kirchengemeinde Wegberg. In den letzten Jahren war sicher mein Wunsch, in dieser Gemeinde einen festen Platz zu finden, zu stark und die Orientierung an meinen Erwartungen und an für notwendig erachteten Veränderungen (Engagement) zu ausgeprägt. Ich war zu sehr mit meinem Verstand unterwegs; mein Herz im Schlepptau. Der eigentliche Beweggrund, den Matthäus doch auch für mich überliefert, sich in einer Gemeinde zuhause zu fühlen, war aber nie richtig spürbar: „Denn wo zwei oder drei Menschen in meinem Namen zusammenkommen, da bin ich selbst in ihrer Mitte." (Mt 18,20).

Oder wie es der Brief an die Römer (5,5) überliefert: Mit Jesus Christus hat „Gott seine Liebe in unsere Herzen hineingegossen. Das ist durch den Heiligen Geist geschehen, den Gott uns geschenkt hat."

An welchem Geist erkennt und spürt man, dass es die Männergruppe der Ev. Kirchengemeinde ist? Was unterscheidet den Besuchsdienst der Gemeinde von anderen ehrenamtlichen oder professionellen sozialen Diensten? Wenn Gespräche, die das christliche „Mehr" und das „Mehrende" in unseren Zusammenkünften und Diensten zum Gegenstand haben und wo es im Innen und Außen wahrnehmbar ist, immer wieder verebben oder am „ja, aber" scheitern, brauchen sich guter Wille und Beharrungsvermögen nicht länger an betrieblicher Geschäftigkeit, Amtsinhabern und Funktionsträgern abarbeiten. Es erübrigt sich, die immer wiederkehrenden Situationen, Verhaltensweisen und Reaktionen näher auszuführen, sind sie doch letztendlich Facetten eines wenig fruchtbaren Spiels. Denn lasse ich mich immer wieder darauf ein, verliert das, was von Paulus im 1. Korintherbrief 12, 31 überliefert ist, Sinn und Wirkung: „Nichts geht, wenn die Liebe fehlt." Und so galt es im Sommer 2019 auch, dem Angebot, bei den nächsten Wahlen zum Presbyterium zu kandidieren, zu widerstehen. Die heilen Teile in mir gilt es zu bewahren.

Die Grundspannung war bereits 2018 Gegenstand meiner Aufstellung im Christus Centrum Kempen (CCK) und im Abschlussbild deutlich zu sehen: in der Abhängigkeit zu verharren, ewig auf Scheinangebote einzugehen und auf institutionelle Veränderung zu hoffen oder den Ruf spüren, erhören und folgen. Das Abschlussbild dieser Aufstellung dagegen waren: Da, wo man den Gaben des Geistes Raum gibt und in der Liebe lebt, da wirkt Christus in der Gemeinde; da gehören die Berufenen hin. Durch Reden kommt Gerhard nicht weiter. Den Ruf hören und sich dem zuzuwenden, der ruft: Es geht um Jüngerschaft und darum, gemeinsam mit Ulrike diesen Weg zu beschreiten.

Das Zukunftsweisende, die Vision, war mir damals, vertieft noch einmal im Nachgespräch mit Burkhard Seidlitz, mental zugänglich, aber der spirituelle Weg blieb mir nicht erspart: Ich habe noch zwei Jahre für die Kehrtwende benötigt, in dieser Zeit noch diverse Endlosschleifen durchlaufen bzw. Versuche gestartet, aber eben auch die Zeit genutzt, wirklich hinzuhören; auf IHN und mein Herz.

Und Ulrike, zu der ich in der Aufstellung das spirituelle Band deutlich spüren durfte, und ich haben auch unsere Zeit gebraucht: Wir trauen uns nun. Und jetzt, im Herbst 2020, wirft die Coronapandemie ungünstige Vorzeichen auf die Türkeireise und unsere Trauung 2021 in Ephesus: Die Reise wird wahrscheinlich wieder nicht stattfinden können. So haben wir ein gute Entscheidung getroffen und beides entkoppelt: die Reise zu den sieben Gemeinden auf spätere Jahre verschoben. Paul Imhof wird uns im Sommer 2021 im Rahmen der jährlichen Exerzitien im Geistlichen Zentrum auf dem Schwanberg trauen: unsere persönlichen Einkehrtage, bevor unser Herzenswunsch in Erfüllung gehen darf.

Bezüglich der Kirchengemeinde bleibt als Rest schon eine gewisse Irritation: Eine Gemeinde, deren Gründungsmythos im Kern die Anlehnung des Lieblingsjüngers Johannes an Jesus Christus beinhaltet und die dies architektonisch zur Grundlage ihres Kirchenbaus gewählt hat (s. o.), nutzt dieses Zeichen nicht für ihre stetige (Re-)Inspiration. Dabei weist doch gerade das Evangelium des Johannes ganz deutlich den Weg für unsere Nachfolge.

Vielleicht werde ich eine heute noch unbestimmte Zeit allein und ohne feste Gemeinde unterwegs sein. Aber letztendlich, das Ziel vor Augen, mein Herz zum Navigieren nutzen, eben doch nicht allein meinen Weg gehen! Und das im Bewusstsein: „Nicht ihr habt mich erwählt, sondern ich habe euch erwählt und dazu bestimmt, dass ihr euch aufmacht und Frucht bringt und dass eure Frucht bleibt ..." (Joh 15,16). Ich merke, je mehr ich dies als Ressource begreife, wird mein weiterer Weg ein heilender sein.

Eigentlich bedurfte es überhaupt nicht der massiven Einschränkungen durch das vom Coronavirus ausgelöste Krisenmanagement im Frühjahr 2020. Vielleicht empfanden wir das Verbot von Gottesdiensten und anderen Zusammenkünften in der Gemeinde eher als einen sozialen Verlust, der es unbestritten natürlich auch war.

leinen Skizze zur Verdeutlichung des Trialogischen
nunikation konnte ich mir vor zwei Jahren erstmals
nis festhalten, ohne sie damals schon mit Leben fül-
. Aber ich hatte einen ersten Zugang:

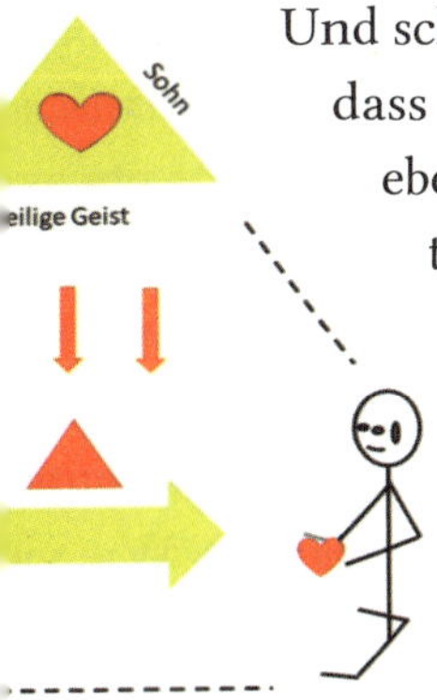

Und schon damals war mir aufgefallen, dass ich die beiden kleinen Herzen eben nicht an ihren körperlich richtigen Ort platziert, sondern sie intuitiv in die Hände gelegt hatte: Sie symbolisieren Berufung und Weitergabe; Gabe im doppelten Sinn. Es ist mir geschenkt und ich darf es weiter verschenken!

von Assisi ist überliefert:

mich zu einem Werkzeug deines Friedens, dass ich
ıan hasst; dass ich verzeihe, wo man beleidigt; dass
le, wo Streit ist; dass ich die Wahrheit sage, wo Irr-
ss ich den Glauben bringe, wo Zweifel droht; dass
ıng wecke, wo Verzweiflung quält; dass ich Licht
wo Finsternis regiert; dass ich Freude bringe, wo der
vohnt. Herr, lass mich trachten, nicht, dass ich ge-
de, sondern dass ich tröste; nicht, dass ich verstan-
, sondern dass ich verstehe; nicht, dass ich geliebt
dern dass ich liebe. Denn wer sich hingibt, der emp-
sich selbst vergisst, der findet; wer verzeiht, dem
hen; und wer stirbt, der erwacht zum ewigen Leben.

Schmerzte vorrangig der Verlust vielfältiger Aktivitäten und Ablenkungen? Plötzlich waren wir mit Matthäus 6,6 wieder auf uns selbst zurückgeworfen: „Wenn du betest, geh in dein Zimmer und verriegele die Tür. Bete zu deinem Vater, der im Verborgenen ist.“ Erfahrungen der Stärkung, wie ich sie in den jährlichen Exerzitien immer wieder mache, wirken auch im Alltag, trotz Corona und Krisenmanagement: Ich trete einzeln vor Gott. Und das ist keine Gegenrede zum Gebet in der Gruppe und zum gemeinschaftlichen Gottesdienst.

Aber ich benötige ein gutes Maß an Unabhängigkeit von Gruppe und Gemeinschaft um, wie Matthäus 7,13-14 es überliefert: „Geht durch den engen Eingang! Denn das Tor zum Verderben ist weit und der Weg dorthin breit – viele wählen diesen Weg. Aber wie eng ist das Tor zum Leben und wie schmal ist der Weg dorthin – nur wenige finden diesen Weg.“

Als leidenschaftlicher Wanderer in ausgetrockneten Flussbetten und Schluchten habe ich ein gutes Gespür dafür, dass man auf Pfaden und in Felsspalten einzeln und in gebotenem Abstand unterwegs sein sollte. Und am Ende der Wanderung lässt sich die bewältigte Wegstrecke und das Erreichte gemeinsam feiern, so wie das Verweilen in der Stille in einen wahren Gottesdienst münden darf!

Offensichtlich lerne ich auf meinem Glaubensweg gerade, mein spirituelles Wohl nicht einfach an eine Kirchengemeinde zu binden. Aber auch dabei zu unterscheiden, wo sich im guten Sinne sozial und geistig anregende Beziehungen und Kontakte pflegen lassen. Meine geistliche Heimat darf so durchaus woanders liegen. Vielleicht greift auch der Begriff „Kirchengemeinde“ nicht mehr allumfassend. Für mich machen temporäre Kreise, denen vielleicht früher etwas Unstetes anhaftete, heute den Charakter von neuer Gemeinde aus und Christsein wieder erlebbar. Das spürte ich 2017 in Armenien. Exerzitienwochen finden in der Gruppe und trotzdem für jeden Einzelnen im Schweigen statt und bilden Gemeinde. Ähnlich die Menschen, die zu einem Aufstellungswochenenden zusammenkommen; gemeinsam beschreitet man heilsame Wege.

Ist es nicht letztendlich im Sinne der Nachfolge, mit Christus im Herzen, auch notwendig, sich allein auf den Weg zu machen? Und über Einkehrtage, Exerzitien etc. sich regelmäßig wieder des großen Ganzen zu vergewissern, dem ich im Alltagsgeschehen, in der Familie oder im Freundeskreis nicht immer gerecht werden kann? Der Schwanberg ist für mich in den letzten Jahren dafür zu einem besonderen Ort geworfen.

Heute weiß ich, dass es „im Haus meines Vaters" nicht nur viele Wohnungen gibt (Joh 14,2), sondern dass ich in und an diesem Haus mit bauen und gestalten kann. Und das mit heilender Wirkung für mich und andere Menschen. In der Praxis empfinde ich das Lesen und Vertiefen in der Heiligen Schrift inzwischen vergleichbar mit Besuch eines Gottesdienstes in einer Kirche, ja, schon das stille Verweilen in ihr ist in gewisser Weise eine Lesung; es bedarf nicht einmal der bildreichen Darstellung des Kreuzweges in einer Kirche. Ein Raum mit dem schlichten Kreuz oder eine Ikone beinhalten alles Wesentliche. Auch das Lesen in der Bibel hat sich verändert. Es bleibt das leidenschaftliche Lesen und Nachdenken, aber es ist nicht mehr das Analysieren und das Sezieren früher Zeiten, mündet immer mehr in ein Innehalten und Gespräch; ihre heilende Wirkung ist spürbar.

Das gilt insbesondere für die Überlieferung vom barmherzigen Samariter bei Lukas, die für mich zu einem heilenden Raum geworden ist. Berührt hat sie mich schon immer, auch wenn ich erst in den letzten zwei Jahren einen tieferen Zugang dazu gefunden habe. Vielleicht hat sie in mir immer schon so etwas wie die Saite eines Musikinstrumentes zum Schwingen gebracht, und deren Re-

sonanz trägt und bewahrt mich.
kung als Säugling, die diversen
späteren Verlauf meines Lebens
ment des Handelns des barmher
heiliger Raum, eine gelungene K
zwei Menschen, die sich und mi

Dieser Moment ist damit nich
tuation realisiert für den Augen
das Leben nicht dem Tod preisg
nikation, die wenig mit dem zu
dem Begriff Kommunikation ve
zen und Techniken, die man le
um Status, Position und Macht
ich als Organisations- und Perso
Angeboten gehadert, wenn Füh
scheinbar erfolgreich durchlief
von einem Autopiloten gesteu
zurückgriffen. Das Führungss
nicht erreicht, obwohl es doch
und der Wirkungszusammenh
Wirkung Thema war. Aber spir
cke hätten bauen können, blieb
ruflichen Handeln einer öffentl
bleiben. Heute begreife ich imr
tion gelingen kann: durch uns
Worte, Gestik und Mimik uns
Trialogen mit Gott werden; I
kann SEINE schöpferische und
kommen: Mit Herz und Versta
dürfen jeden Tag auf's Neue
Stück mit bauen.

Mit ei
unserer
diese Er
len zu k

Von Fr

Herr, m
liebe, w
ich ver
tum ist;
ich Hof
entzünd
Kumme
tröstet
den wer
werde, s
fängt; w
wird ver
Amen.

Und so war es für mich in den letzten zwei Jahren nicht nur die Frage, den Ruf zu hören und umzukehren, sondern es brauchte einen Ort, wo ich Antwort geben, also verantwortlich handeln konnte. Und der es mir ermöglichen würde, meine in den letzten Jahren gehobenen Lebensschätze weiterzugeben?

Dieser Ort wächst seit 2019 in der ehrenamtlichen Hospizarbeit, in kleinen Schritten, aber stetig: weltlich in Seminaren, in der Praxisberatung und Supervision, die der Träger, der Ökumenische ambulante Hospizdienst Regenbogen e. V. in Wassenberg regelmäßig anbietet, und noch viel mehr in dem offenen Erfahrungsaustausch, den alle Aktiven mit- und untereinander pflegen.

Es bildet sich bei jeder Zusammenkunft immer wieder eine Sphäre der Wertschätzung und Würde des Lebens heraus. Und damit eine Grundlage, eine Kultur, die es mir und anderen Begleitern ermöglicht, Menschen in der letzten Phase ihres Lebens, den sterbenden Menschen und seine Angehörigen überhaupt zu begleiten.

Und in den Begleitungen spüre ich ein wenig vielleicht von der Resonanz, die Martin Buber mit „Rauschen“ beschreibt. Ich muss mich nicht quasi professionell auf den Besuch bei einem im Sterbeprozess befindlichen Menschen vorbereiten. Die Einstimmung geschieht in dem Augenblick der Begegnung. Egal ob ein intensives Gespräch diese Zeit füllt oder, so habe ich z. B. über drei Wochen eine hochbetagte Dame begleitet, kein Wort mehr gewechselt werden kann, weil der Sterbeprozess bereits fortgeschritten war.

Ich glaube, es war kein Zufall, dass ich ziemlich schnell zu Beginn meiner Begleittätigkeit diesen Leitgedanken gefunden habe: In Würde endlich leben! Seine Aussagekraft ist mächtig, und er schließt in seiner zweifachen Lesart das Sterben in das Leben ein. Aber er erhält dem Leben seine Würde. Und es lässt sich nichts mehr verdrängen!

Und Würde lässt etwas ganz Wichtiges zu: Unabhängig davon, ob ein sterbender Mensch religiös ist oder war, kann ich ihm bzw. seinen Angehörigen auf dieser Wegstrecke ein guter Begleiter – der Nächste – sein. Denn was brauchen Menschen, wenn sich ihr Leben dem Ende zuneigt, was hilft Angehörigen in der Alltagsbewältigung und in ihrer Trauer?

Über Zuspruch und Trost hinaus können wir Christen Hoffnung vermitteln in scheinbar hoffnungslosen Situationen. Der kleine, aber mächtige Vers aus der Johannesoffenbarung: „Und er wird jede Träne abwischen von ihren Augen. Es wird keinen Tod und keine Trauer mehr geben, kein Klagegeschrei und kein Schmerz. Denn was früher war, ist vergangen. Der auf dem Thron saß, sagte: Sieh doch: Ich mache alles neu ..." (Offb 21,4-5), mag im Augenblick für Betroffene schwer begreifbar sein, aber er kann ihnen helfen, so wahr sie sich auf ihn einlassen, sich aus dem Bannkreis der unheilbaren Erkrankung, eines langen Leidensweges und Sterbens und des Verlustes zu befreien; Heilung wird möglich.

Und was ist es letztendlich für mich, der an diesem Ort, quasi in einem Brennpunkt des Lebens, wo sein Wert noch einmal oder vielleicht erstmals für einen Menschen deutlich wird, tätig werden darf: Gnade, pur!

Für meinen Pilgerweg durch die Johannesoffenbarung hatte ich mir damals den Psalm 121 zu eigen gemacht und für mich abgewandelt. Er ist zu meinem Text geworden:

Ich schaue hoch zu den Herausforderungen des Lebens.
Woher kommt Hilfe für mich?
Hilfe für mich, die kommt vom VATER!
ER ist der Schöpfer von Himmel und Erde.
Auf meinem Weg lässt ER meinen Fuß nicht straucheln.
Auch wenn ich unaufmerksam bin – ER wacht über mich,

so wie ER über Israel und die Völker wacht,
schläft und schlummert nicht.
ER ist mein Schutz und spendet Schatten an meiner Seite.
Am Tag wird mir die Sonne nicht schaden.
Und der Mond nicht in der Nacht.
Der HERR behütet mich vor allem Bösen.
ER wacht gewiss auch über mein Leben.
ER behütet mein Gehen und Kommen
Von heute an bis in alle Zukunft.

Wie fruchtbar und richtungsweisend dieser kleine Vers ist, durfte ich in der Exerzitienwoche 2020 auf dem Schwanberg erfahren. Eine Meditation zu Emmaus (Lk 24,13-34) führte mich nicht nur zu einer anderen Sichtweise auf dieses Geschehen, sondern auch in einen kleinen, aber wichtigen Friedensschluss mit meiner Familiengeschichte; eine bisher offene Stelle. Ich habe es im Anschluss versucht in Worte, in ein Dankgebet, zu fassen:

Herr, gütiger Vater,

ich habe sehr lange gebraucht, um zu spüren, wer ich wirklich bin und was du wohl bereits vor nun 66 Jahren mit mir vorhattest. Ich glaube auch nicht, dass es dein Plan gewesen ist, dass mein kleines Leben schon nach nicht einmal zwei Jahren zu Ende gehen sollte. Aber ich war nun mal in diese Welt hinaus geboren und damit auch in ihre Gefahren und Prüfungen. So war denn damals wohl auch Rettung für mich das Zusammenspiel aus ärztlichem Handeln zum richtigen Zeitpunkt und der Hoffnung meiner Eltern auf einen glücklichen Ausgang – getragen von meinem Taufspruch, der einen schwierigen Weg beschrieb, aber sich auch als ein mächtiger, zuversichtlicher

Schutz bewahrheiten sollte. Ich weiß nicht, ob meine Eltern damals dich angerufen oder gebetet haben oder ob sie dem mächtigen Engel, der mir durch meine Taufe nun an die Seite gestellt war, einfach still vertraut haben. Heute ist das auch nicht mehr wichtig. Nun – irgendwann bin ich, wie die anderen Kinder in der Nachbarschaft, einfach durch dieses noch einmal geschenkte Leben reingetobt, gespielt, geweint und gelacht. Gut so! Denn nachdenken und grübeln über das Erfahrene konnte ich damals noch nicht. Das taten aber offensichtlich meine Eltern – umso mehr, als noch in dem ersten Jahr meiner Genesung meine schwerbehinderte Schwester geboren wurde. Jahre später, es gehört wohl zu meinen ersten klaren Erinnerungen, die ich aus der frühen Kindheit habe, erreichte mich aus Erwachsenengesprächen immer wieder der Satz: „... gut das er damals noch so klein war und von alledem nichts mitbekommen hat." Erwidern konnte ich nichts, beteiligen konnte ich mich an solchen Gesprächen auch nicht. Aber in mir legte sich wohl eine Spur, der ich sehr viele Jahre folgen sollte: Ich muss meinen Weg allein finden und gehen. Oft habe ich gespürt, das mir damals etwas gefehlt hat, nein nicht nur dass mir etwas gefehlt hat, sondern auch, wer mir gefehlt hat. Eine elterliche Hand, eine Geste, ein gemeinsames Gebet über den Engel, der mich in diesen Jahren sicher über die Erkrankung und die Zeit danach begleitet hatte. Es wäre ja nun im Alter von sechs oder sieben Jahren eine gute Zeit gewesen, derartige Gespräche zu führen. Ich kann das heute sehr, sehr gut ruhen lassen, muss mir nicht mehr anmaßen, über meine Eltern oder meine Kindheit zu klagen. Aber irgendwann wurden meine kindlichen Blicke in diese Welt – wurden auch meine Augen gehalten. War da niemand, der mir die Augen hätte öffnen können? So war ich wohl eher blind unterwegs:

erst kind-, dann jugendgerecht, später mit dem Recht des Erwachsenen, nicht links, nicht rechts schauend. Und trotzdem kam ich an Stationen vorbei, hielt inne, gewollt oder ungewollt, an denen mir doch eigentlich die Augen hätten aufgehen müssen: die Konfirmationszeit in der Heimatgemeinde in Braunschweig; Mitte der sechziger Jahre. Das fast Ertrinken in den Krka-Wasserfällen 1972 im damaligen Jugoslawien. Der schwere Arbeitsunfall 1973 als Elektriker. Die Praktika 1974 und später in der Ev. Stiftung Neuerkerode. In Berlin 1975 die Ev. Fachoberschule. Die Reisen und Studienprojekte zwischen 1978 und 1985 in verschiedene afrikanische Länder, vor allem in Ghana. Der Kontakt zu Steyler-Missionaren in Ghana in dieser Zeit. Der Islam auf den Reisen in arabische Länder in diesen Jahren und später. Der Verzicht auf die kirchliche Trauung 1987 in meiner ersten Ehe. Der elterliche Verzicht auf die Taufe unserer Söhne 1992 und 1997. Das Burnout 2002. Der Frontalzusammenstoß 2005 auf dem Motorrad mit dem Mercedes einer älteren Dame. Gütiger Vater, du musst meinen Schutzengel mit unermesslicher Geduld ausgestattet haben. Aber bei dem Motorradunfall hat er sich gesagt: Jetzt reichts, den setze ich auf eine andere Spur! Ein paar Monate später fand ich den Weg ins Haus Benedikt in Würzburg, und ich fing an zu blinzeln, nahm immer mehr wahr: links, rechts, hinter mir, vor mir ...; nahm wahr, dass du es, der Christus bist, der da neben mir geht.
Amen.

Was bleibt – wird!

Die Wege, die ich mit Herz und Verstand nun gehe, haben ihr letztendliches Ziel, so wie Johannes in 14,4 Jesus Worte überliefert: „Ihr kennt ja den Weg zu dem Ort, wo ich hingehe." Weg und Ort fallen letztendlich zusammen.

Mit dem Hadern und Zweifeln, Suchen und Finden, durchzieht meine ganze Biografiearbeit ein zentraler Begriff: Verantwortung übernehmen. Nicht nur ab und zu, hier und da, sondern als Grundhaltung.

Exerzitien und Aufstellungen, eingebunden in einen guten Alltag, erlebe ich wie einen heiligen Katalysator für meine persönliche Entwicklung. Ich habe meinen Platz gefunden. Wenn ich ein Bild benutzen würde – dann: Ein Schlüssel, der sich in kleinen Schritten – aber stetig – aus sich selbst heraus schmiedet, um letztendlich irgendwann zum Schloss des Tores der Freiheit (Joh 10,9) zu passen.

Nachwort

Meine Biografie habe ich mit einem Bild abgeschlossen: Ein Schlüssel, der sich in kleinen Schritten – aber stetig – aus sich selbst heraus schmiedet, um letztendlich irgendwann zum Schloss des Tores der Freiheit (Joh 10,9) zu passen. Ich hätte nach diesen kurzen Abschlussworten weiterschreiben können, aber dann wäre es nicht mehr meine Biografie gewesen, sondern eher ein Text zu meinem zukünftigen Selbstverständnis; die Blickrichtung hätte sich zu sehr geändert. Daher ein Nachwort.

Es mag beginnen mit einem herzlichen Dank an Paul Imhof. Seine geistliche Begleitung war (ist!) auf dieser Pilgerreise von unschätzbarem Wert!

Ich werde weiterschreiben, schon allein, weil dieser fruchtbare Prozess nicht versiegen soll. Der populäre Spruch „Wer schreibt, der bleibt …" lässt sich auch positiv wenden: Gedanken, Gefühle, Alltagserfahrungen, tiefgehende wie flüchtige, die ich festhalten möchte, aufschreiben, oder weil ich sie meinen lieben Söhnen Martin und Nils im Gespräch nicht vermitteln kann, weil sie nun ja als erwachsene Menschen ihr eigenes Leben gut leben, die Zeiten der Begegnung rarer werden und ich nicht weiß, wann und ob wir Gelegenheit für derartige Gespräche überhaupt haben werden.

Das Bild des Schlüssels, das ich im letzten Satz verwendet habe, ist für mich zu einem mächtigen Symbol geworden. So ein Schlüssel des Lebens ist mir erstmals Ende der siebziger Jahre auf einer Ägyptenreise begegnet: Das Anch-Symbol des Pharaos verhieß ihm ewiges Leben. Es ist sicher kein Zufall, dass dieses Symbol bis heute den dortigen koptischen Christen als Juwel heilig ist. Für mich ist es Symbol für einen stetigen Wandlungsprozess, Leben, das sich als Teil der Schöpfung vollenden will, in und aus mir heraus. Auch ich bin aktiver Teil dieses unermesslichen Geschehens!

Der Wandlungsprozess schließt auch Sterben und Tod mit ein. Im guten Sinn, wenn ich das so sagen darf, wird es mein Thema bleiben, stetige Klärungsarbeit in einem schwierigen Feld – im Inneren, mein Pilgerweg geht weiter, und im Äußeren, in der wertvollen Hospizarbeit.

Aber was sich bereits verändert hat, und das spüre ich ganz deutlich: Sterben und Tod erscheinen mir nicht mehr in ihrer angstbesetzten Art, in der sie uns oft begegnen sollen und die mich oft durchs Leben getrieben haben. Auch nicht in einer oberflächlichen Weise, wie: „Für den Sterbenskranken war es eine Erlösung", sondern, und das ist für mich wohl die wichtigste Erkenntnis dieser letzten vier Jahre: Es gibt Hoffnung.

Auch wenn damit noch viele Fragen offenbleiben und es in der Hospizarbeit schwierig ist, Betroffenen und Angehörigen zu vermitteln, was ER uns in Offb 21 verheißt. Auch wenn das Palliative oft verkürzt medizinisch verstanden wird, es hat ja auch seinen Sinn, Schmerzen eines sterbenden Menschen zu lindern. Die geistliche Begleitung aber kann zu einem heilenden Mantel werden.

Noch im letzten Jahr habe ich, wenn mich z. B. Freunde gefragt haben, warum ich in die Hospizarbeit gegangen bin, viele Worte gebraucht. Heute heißt meine Antwort: Ich mache es einfach. Das ist die Handlungsebene von Lukas 10,25. Hier kann jederzeit ein tieferes Gespräch einsetzen, aber ohne Erklärung und Begründungen, ohne nach dem leidigen Warum und Wieso zu fragen.

Die Zeit, die ich auf meinem Weg habe, ist ja im guten Sinne Lernzeit. Geborenwerden und Sterbenmüssen gehören zum Leben. Aber der Tod eben auch, in dem sich das Leben wohl letztendlich verwirklicht. Trennung wäre künstlich und dient nur vordergründig der Angstbewältigung. Die Freunde bescheinigen mir nun oft einen „sehr nüchternen Blick“ auf das Thema. Dem mitschwingenden „gefühlslos“ widerspreche ich mit „klarem Blick auf“.

Das Senfkorn wird zurecht als Symbol für Lebenskraft und Wachstum betrachtet. Aber ist nicht auch in diesem Keim, wie in jedem Natürlichen, schon das Sterben und der Tod angelegt? Sicher, die Erfahrungswelt Tod bleibt uns real verschlossen; Glaube und Hoffnung müssen reichen. Wenn ich Unvorhersehbares (Krankheiten, Unfälle etc.) weglasse, dann trage auch ich diesen Keim in mir, nicht nur im natürlichen, biologischen Sinn, stetige Zellteilung und -erneuerung findet ihr Ende, sondern auch Sinnstiftung, Gestaltungs- und Schaffenskraft, Lebendigkeit etc. wandeln sich und gehen irgendwann und irgendwo auf. Peter Feichtinger (2012), ich hatte ihn bereits mit einem kleinen Vers erwähnt, schreibt: „Der Tod ist die Krönung des Lebens. EINE FRECHHEIT! Eine Frechheit, eine Zumutung werden manche denken. Diese Zumutung besteht seit dem Beginn unseres Lebens. Wir wissen es. Manchmal ahnen wir etwas. Viele glauben an das Nachher, gleichgültig, welchen Namen wir diesem ‚Nachher‘ geben. Wer an den liebenden Gott glaubt und weiss, dass ER sein Leben für unsere Zukunft, dem ‚Nachher‘ gegeben hat, der tut sich nicht leicht, aber leichter! Und, wer den Tod als Krönung, Vollendung seines Lebensweges annehmen kann, hat sich für Ewigkeit entschieden.“

Vielleicht spüren wir das schon ansatzweise in der zweiten Hälfte des Lebens, wenn man beginnt das große Ganze und die Tiefe, wie Richard Rohr es oft schildert, intensiver wahrzunehmen. So ist es nicht verwunderlich, dass wir Weisheit eigentlich immer mit hochbetagten, lebenserfahrenen, eben weisen Menschen verbinden. Aber es sind eben nur weltliche Weisheiten und vielleicht im Blinzeln die besagte Ahnung, was da kommen mag. Wann verwirklicht sich denn die „Hagia Sophia“?

Und bezogen auf die unvorhersehbaren Ereignisse meines Lebens, war es für mich wahrscheinlich immer schwer zu verstehen oder unerträglich, dass Äußeres in mein Leben, in meine natürliche und geistig / geistliche Menschwerdung und -wandlung eingriff, drohte, sie unter- oder gar abzubrechen, zu einem Zeitpunkt, der einfach nicht so vorgesehen war, wo noch nichts entstehen, reifen bzw. sich ansatzweise vollenden konnte.

Das ist, so glaube ich, auch ein Teil der Fassungslosigkeit, die ich bei Angehörigen von Schwerstkranken spüre, wobei letztere im Sterbeprozess diese Kluft schließen, sie nehmen es an, Angehörige aber stürzen oft in eine tiefe Krise.

In den christozentrischen Aufstellungen mit Paul Imhof wird mir immer deutlicher, dass „Schöpfung vollendet sich" auch hier passiert. Wir nennen es erlösende und befreiende Instanzen, und auch wenn wir in einer konkreten Aufstellung nicht diese Erfahrung machen, dann eben in der nächsten Aufstellung oder im wahren Leben; früher oder später; darüber entscheidet wohl oft unsere Leidensfähigkeit, uns mit einem eigentlich unhaltbaren Zustand weiterhin zu arrangieren. Diese Erfahrung musste auch ich machen. Aber auch in der Aufstellungsarbeit müssen Lebenserfahrungen (-inhalte und -formen) sterben, damit lebenbejahender Sinn zum Ausdruck kommen kann.

Das Wechselspiel, das Ergänzende von Exerzitien und Aufstellungsarbeit hat mir eine Brücke gebaut für einen guten Alltag. Diese Brücke ist erst durch die Menschwerdung Gottes, Jesus Christus, entstanden. Aber gehen muss auch ich über diese Brücke selber. Nur so war für mich der Friedensschluss in der Aufstellungssituation 2018 am Andachtsplatz des Friedwaldes auf dem Schwanberg möglich. Friede, Freiheit und Hoffnung. Irgendwann in einer Exerzitienwoche, unmittelbar nach der morgendlichen Eucharistiefeier, formulierte sich mir ein innerer Dreisatz: Christus im Brot, Christus im Wein, Christus im Alltag. Das Wort und die Handlung ist eins!

Die Verheißung, die Paulus uns in Gal 5,1 überliefert – Christus hat uns zur Freiheit befreit –, war zu seiner Zeit sicher stark von der Auseinandersetzung zwischen Juden und Judenchristen und den entstehenden christlichen Gemeinden, zu denen auch Nichtjuden gehörten, geprägt. Heute steht für mich der zweite Satz – lasst euch nicht wieder das Joch der Knechtschaft auferlegen – auch für unsere weltlichen Theorien und rationalen Erklärungsmuster, die uns in Zeit und Zustand bannen. In meiner Biografie habe ich sinngemäß geschrieben: Sozialwissenschaftler, das bin bzw. das war ich viele Jahre engagiert eben auch, aber auch, dass ich irgendwann aufgehört habe, alles und jenes zu analysieren und zu sezieren, sondern gelernt habe, die viel zitierten, aber oft wenig fassbaren guten und schlechten Geister zu unterscheiden und in der Folge wirklich Wichtiges, eben Lebenswichtiges, in den großen Kontext zu setzen. Und die Freiheit, die uns in Gal 5,1 verheißen ist, ist ja nicht primär Freiheit für dieses und jenes; Beliebigkeit führt zwar „lieb" im Wort mit sich, gibt die Liebe aber letztendlich preis!

Die vor Jahren getroffene Entscheidung, früher aus dem Berufsleben auszuscheiden hat mir den Raum eröffnet, in dem ich mich heute frei bewegen kann. Es ist Gnade pur und Privileg, so zu leben; materiell zwar auf dieses und jenes verzichten zu müssen, aber eben als Christ sinnstiftend unterwegs zu sein und unsere Gute Botschaft weitergeben zu dürfen.

So verspüre ich eine tiefe Dankbarkeit Ulrike, meiner lieben Ehefrau, gegenüber, für den gemeinsamen Lebensweg, in dem mein Alltag gut aufgehoben ist. Und aus ganzen Herzen kann ich sagen: Gott sei Dank!

Im via verbis verlag zu diesem Themenkreis:

Paul Imhof stellt in **SYSTEMISCHE KOMMUNIKATION**, dem 13. Band der Reihe *Strukturen der Wirklichkeit*, u. a. im Gespräch mit mehreren Autoren seinen besonderen Aufstellungsansatz vor. Das Christozentrische besagt: Christus ist der göttliche Titel für die befreiende und erlösende, unsichtbare Dynamik, die in Jesus von Nazareth sichtbar geworden ist. Im 16. Band, **CHRISTOZENTRISCHES AUFSTELLEN**, legen Stephanie und Paul Imhof im Dialog nocheinmal ihre Aufstellungsmethode an vielen Beispielen dar.

SYSTEMISCHE KOMMUNIKATION
Perspektiven christozentrischen Aufstellens
Das Lehrbuch
ISBN 978-3-933902-36-8 / 476 S. Softcover / 24,90 €

CHRISTOZENTRISCHES AUFSTELLEN
Perspektiven der Freiheit
Das Methodenbuch
ISBN 978-3-933902-39-9 / 127 S. Softcover / 16,50 €

Paul Imhof, vertraut mit den Traditionslinien aus der (römischen) Renaissance, wo Ignatius von Loyola ebenso wie Martin Luther ihren Glauben buchstabiert haben, kennt die Welt als Priester im Jesuitenorden ebenso wie die des evangelischen Pastors, lebt als Christ aber in ökumenischer Weite. Seine Autobiographischen Notizen wollen einen Zugang zur Wahrheit des Evangeliums bezeugen. Im Namen Jesu Christi können Sünde und Schuld vergeben werden.

Stephanie Imhof legt ebenfalls eine ungewöhnliche Biografie vor, in der die Pastorentochter auf ihren unkonventionellen Lebenslauf blickt: stürmische Zeiten oft, bis sie durch christozentrische Aufstellungsarbeit in eine neue Richtung steuerte. Ihre Ethik sind die Seligpreisungen Jesu Christi, der Heilige Geist der Wind in den Segeln. Ihre Autobiografie ist ein Lehrstück für die Dynamik christozentrischer Aufstellungsarbeit.

Paul Imhof
AUTOBIOGRAFISCHE NOTIZEN
Erinnerungen – Erkenntnisse – Erwartungen
ISBN 978-3-933902-70-2 / 126 S. gebunden / 12,95 €

Stephanie Imhof
Im Heimathafen angekommen
Aus der Vernebelung ins Licht
ISBN 978-3-933902-50-4 / 148 S. gebunden / 12,95 €

In ihrer Autobiografie erzählt Gabriele Haage fesselnd und schonungslos ehrlich ihre Geschichte. Ihre Motivation ist, Menschen Mut zu machen und aufzuzeigen, wie man Auswege aus deprimierenden Konstellationen findet und seine Lebensfreude trotz aller Lebenskatastrophen wiedergewinnen und behalten kann. Im Buch erzählt die Autorin auch von ihrer HIV-Diagnose 2010; zunächst lebte die Yoga- und Meditationsanleiterin jahrelang leistungsfähig ohne jegliche Medikation, erst 2020 entschloss sie sich zu einem Umdenken, was sie in einem Zusatz zum Buch darlegt. **Ich ging den Weg des Schmetterlings. Eine Metamorphose** / ISBN 978-3-933902-47-4 / 187 S. Softcover / 12,95 €